KB048511

수첩 속에서 꺼낸 이야기

김지철 지음

퇴색한 낙엽 위를 걷는 한 여인이 사진 속에서 해맑게 웃고
있다.

책갈피에 오랫동안 짓눌려 왔던 그녀의 맑은 웃음소리가 스
타카토로 경쾌하게 창턱을 넘어 날아간다.

할 수만 있다면 저 웃음소리를 불러내어 소주 한 잔 기울이
는 것도 운치 있는 일이리라.

사진은 타임머신이다.

빛바랜 사진일수록 더 오래된 현재로 나를 데려다 준다.

세월이 지나면 일상용품이 골동품이 되어가듯

사진 속에 잠든 내 삶의 편린들에선 메주 냄새가 난다.

그래서 사진 속에 나는 촌스럽다.

촌스럽지 않게 보이기 위해 기교를 부린 사진일수록 더 촌스
럽다.

당대 나름 유행하던 옷을 걸치고 당대 최고의 *폼을 잡고 있
어도 마찬가지다.

달리 말하면 나는 늘 촌스런 삶을 살아왔던 것이다.

삶은 여행이다. 태어나는 순간부터 시작되는 유한한 시간여행이다.

우리는 날마다 새로운 여행을 시작한다.

단 한 번도 살아보지 못한 오늘이란 시간 위를 홀로, 혹은 함께 걸어가는…

여행길은 변화무쌍하다. 누구든 그 예측불허의 길을 헛발질도 하고 희로애락을 맛보며 나아가야 한다. 그러니 2박 3일의 짧은 여행에서도 우리는 숱한 에피소드나 무용담을 만들어낸다. 기나긴 인생 여정에 있어서야 말해 무엇하랴.

수첩에, 사진첩에 차곡차곡 쌓여가는 여행 기록에서 이웃과 공유하고 싶은 몇 개의 이야기를 추려내어 책으로 엮어보았다.

어르신들에게는 떫은 감 맛이, 젊은 세대들에게는 누룩냄새가 날지 모르겠다.

어느 쪽이건 마음의 방향을 읽어 주시기 바란다.

2017년 만추, 용봉산 아랫마을에서

차례

3 | 시간은 흐르고 소녀는 늙어간다

4 | 아침밥은 먹고 힘내자!

1 ― 잡초 같은 생각들

잡초는 땅의 옷이다.
헐벗은 사람, 헐벗은 산, 헐벗은 대지의
이미지를 떠올리면
잡초의 존재감이 생긴다.

1

잡초는 오나가나 천덕꾸러기이다.
가수 나훈아는 '잡초'를 이렇게 노래한다.

아무도 찾지 않는 바람 부는 언덕에
이름 모를 잡초야
한 송이 꽃이라면 향기라도 있을 텐데
이것저것 아무 것도 없는 잡초라네.

이것저것 아무것도 가진 게 없어
아무것도 가진 게 없네.

이름도 향기도 찾는 이도 없고 아무것도 가진 게 없고 그마저도 바람 부는 언덕에 살고 있는 게 잡초요, 잡초의 삶이란 것이다. 처연하고 가엾지 않은가.

농부에게 눈흘김 받는다 해서 이상할 건 없지만 농사와 무관한 사람들의 잡초 무시는 다른 문제를 일으킨다는 잡초 같은 생각들을 적어본다.

잡초는 땅의 옷이다. 헐벗은 사람, 헐벗은 산, 헐벗은 대지의 이미지를 떠올리면 잡초의 존재감이 생긴다. 수초 없는 강의 물고기, 잡초 없는 대지의 초식동물들을 관련지어 보자. 그러면 잡초는 대지의 생명과 목숨을 아우른다. 단지 넘치고 흔하다는 이유로 푸대접을 받아야할 근거는 어디에도 없다. (이런 점에서는 농부도 예외가 아니다)

지나가던 사람이 채소에 물을 주는 원예사에게 물었다.

"왜 채소는 그토록 정성껏 보살피는데도 잘 시들고 잡초는 보살피지 않는데도 왕성하게 자라는가?"

원예사가 대답했다.

"대지의 여신에게는 잡초가 친자식이고 사람이 심은 채소는 의붓자식이기 때문이지."

김태환 교수는 〈우화의 서사학〉에서 이 우화를 이렇게 풀이한다.

"원예사는 잡초에 대한 이러한 통념을 완전히 뒤집어버린다. 잡초는 결코 보호받지 못하는 천덕꾸러기가 아니다. 잡초는 대지의 여신, 즉 어머니 자연이 직접 심은 자연의 친자녀로서 자연의 품속에서 누구보다도 더 잘 보호받고 있다. 반면 인간이 심은 채소는 자연의 입장에서 볼 때는 남이 떠맡겨놓은 양아들 같은 존재일 뿐이다. 그러니 오히려 보살핌을 잘 받지 못하는 것은 채소다. 인간이 힘들여 채소를 가꾸어도 뜻한 대로 잘 자라지 못하는 것은 이 때문이다."

관점을 바꾸니 '친자'가 '양자'가 되고 양자가 친자로 변한다.

"인간이 채소를 기른다면 자연은 잡초를 기른다. 채소가 인간의 선택이라면 잡초는 자연의 선택이다. 자연선택과 인간선택 사이의 모순에서 채소 기르기의 어려움이 발생한다."

이처럼 자연선택과 인간선택의 모순이 극렬히 대립하는 현장을 우리는 가끔 TV뉴스를 통해 확인한다. 즉 멧돼지 출몰 지역이나, 산사태, 해일 등 자연과 인간의 불화가 빚은 비극적 현장을…

우화 속, 원예사의 비유는 모든 것을 인간적 관점에서 규정하고 평가하는 것에 대한 경계가 담겨있다.

즉, 인간은 자신들이 만물의 척도라고 다른 종들의 동의를 구하지도 않은 채 멋대로 정의를 내리고 규정해버렸다. 사람은 우주 삼라만상에서 단지 한 종에 불과하다. 인간이 이렇게 스스로에게 특혜를 주고 정당성을 부여하며 살아가고 있는 것이 정의로운 것인지 가끔은 반문할 수 있어야 그나마 자연과 인간 그리고 우주와 인간이 덜 불화하지 않을까.

그 힌트를 뜻밖에도 제주도에 정착해 사는 화가 이왈종 님에게서 듣는다.

"제주에 와서 그림을 그리는데…처음에는 자주 자전거를 타고 밀감 밭이나 숲속을 혼자 다녔어요. 가만히 앉아 하릴없이 잡초를 들여다보니, 서로 엉켜있는 것 같은데 아무도 서로 다치지 않더라고, 아무것도 아닌 게 서로 질서가 있어요. 서로 엉켰는데 서로 다치지 않게…

올려다보니 나무도 그래요. 서로 엉키지 않고, 서로 상처주지 않더라고…이런 식으로 세상을 보니 아주 마음이 편해지고, 남한테 의지하거나 기대하지 않게 되고 … 아주 좋더라고."[*]

• 김정운, 〈남자의 물건〉.

2

우화 속의 원예사를 교사로 바꿔 읽는다.

원예사는 자연과 인간의 문제를 형이상학적으로 에둘러 언급했지만,

교사는 인간과 인간의 문제로 내려놓고 풀어야 한다.

'모든 잡초는 약초'라는 신념으로…

잡초를 먹고 자란 코끼리의 위풍당당, 양의 젖과 가죽, 황소의 에너지를 보라.

그가 단순히 풀 그 이상의 신비를 가지고 있음이 분명하지 않은가.

세상에 이유 없이 존재하는 건 단 하나도 없다지 않은가.

개개의 풀마다 독특한 성분이 있음에서

이미 '존재감'은 존재하고 있었다.

그걸 발견하지 못한 불찰이 있었을 뿐.

'어린 왕자' 식으로 잡초를 대하고 공을 들인다면 (무엇보다 잡초의 프레임을 극복하는 순간) 모든 잡초는 약초를 넘어 특초가 될 수 있다.

내친김에 성경 속 잡초도 들여다보자.

예수님의 말씀 중에 '가라지'의 비유**에 등장하는 '가라지'는 우리식으로 말하면 잡초다. 그냥 인기 없는 잡초 정도가 아니라 불에 태워 죽여야 하는 잡초다.

밀과 너무 흡사하게 생겨서 어릴 적엔 그게 밀인지 가라지인지 구별이 힘들어 밀 농사 짓는 농부를 애먹이는 잡풀이라 한다. 예나 지금이나 농부에게 잡초는 '웬수가 따로 없는 존재'다. 얼마나 미웠으면 추수할 때에 그걸 불 속에 던져 넣었으랴…

그러나 원예사의 관점으로 생각해 보면, 가라지는 '독성' 때문에 오히려 귀한 대접을 받는 풀이 될 수 있는 것이다.

물론 예수님은 가라지와 곡식(밀)의 비유를 통해 '진짜와 가짜'에 대한 얘기를 들려주고자 한 것이지만…

** 가라지는 거친 땅이나 밀밭에서 자라는 '독보리'(tares, 학명은 Lolium tremulentum). 1년생 잡초로 생장 초기에는 그 외형이 밀과 잘 구별되지 않으나 자라서 이삭이 피면 키도 웃자라고 색깔도 짙어져서 식별이 쉬워진다. 열매는 심한 구토와 설사, 현기증 등을 일으킬 정도로 독성이 강하여 활용 가치가 없기 때문에 추수 때가 되면 뿌리째 뽑혀 불에 태워졌다.

〈걸리버 여행기〉에 나오는 상상의 난쟁이 나라는 릴리펏이다. 이 소인국은 겉으로 보기에는 태평성대처럼 보였지만 사실은 지독한 우환에 시달리고 있었다. 우환의 이유는 두 가지였다.

하나는 굽이 높은 구두를 신느냐 아니면 낮은 것을 신느냐를 가지고 서로 다투고 있는 두 정당 사이의 골치 아픈 논쟁이었고, 다른 하나는 이웃나라 플래피스크 왕국의 침공 위협이었다. 침공 위협의 발단은 계란을 먹기 위해 그걸 깨는 방식에서 시작되었다.

계란의 넓은 쪽을 깨서 먹을 것인지, 뾰족한 끝을 깨서 먹을 것인지…

〈걸리버 여행기〉*는 읽기에 따라 흥미진진한 여행기일수도 풍자와 해학과 조롱이 가득한 인간 문명에 대한 비평서일 수도 있다.

총 4부의 이야기 중 1부의 얼개는 이렇다.

어느 안개 낀 아침, 영국 의사 걸리버가 탄 배가 암초에 부딪혀 풍비박산한다. 그는 악전고투 하며 표류하다가 외딴섬 릴리펏이라는 소인국에 당도한다.

걸리버의 눈에 그들은 개미처럼 작고 나약한 존재였다. 그러나 그들은 고고한 지성인들처럼 행세했고 위엄을 내뿜으면서도 왕에게 잘 보이려고 다투어 줄타기를 했다. 또한 달걀을 어느 쪽으로 깨야하는지를 놓고 큰 모서리파와 작은 모서리파로 나뉘어 날마다 싸움질만 했다.

스위프트는 당시 영국 사회의 정치와 종교의 상황을 풍자를 통하여 보여주고자 했다. 즉 토리당과 휘그당의 대립과 구교와 신교의 극한 대립 등을…

---

* '여행이 나의 운명이 될 것'이라는 화자 '걸리버'는 선의(船医)로서, 그 다음은 선장으로서 항해를 시작한다. 그러나 그의 여행은 태풍과 해적들로 인해 번번이 낯선 곳을 경험하며 16년 7개월 동안의 여행을 하게 된다.

마치 생선 한 토막을 두고 아옹다옹하는 고양이처럼, 권력을 앞에 두고 티격태격하는 인간 군상의 모습을 릴리펏 사람들에 비유하며 조롱하고 있다.

구두 굽 높이나 계란 먹는 방식을 가지고 싸우는 자잘한 소인배들의 이야기에 작가 스위프트가 소인국이란 이름을 붙인 이유가 금세 드러난다.

본질은 건드리지 못하고 지엽말단을 가지고 언제나 명분 싸움질만 하던 조선의 당파싸움이 그려진다. 그리고 영국에선 이미 오래 전에 사라진 저 소인배들의 싸움을 우리는 너무나 자주 익숙하게 보며 살아가고 있다는 사실을 어떻게 극복해야 할까.

보리밭에 부는 바람

보리밭에 바람이 분다.

종달새는 바람을 타고 날다가 청청한 물결 속으로 퐁당퐁당 물수제비를 뜨고는 다시 솟구쳐 오른다. 밭둑엔 술래잡기 하는 아이들 얼굴의 마름버짐 위에 개발새발 깜부기 수염이 그려진 줄도 모르고 깔깔깔 파랑 웃음 날리고…

그 시절엔 흰 도화지 위에 사람도 파랗게 그렸었다. 보리밭을 닮아 영혼도 파랗던 것이었을까.

밀을 많이 심는 나라의 아이들은 밀밭의 추억이 있는 모양이다.

제롬 데이비드 샐린저의 소설 〈호밀밭의 파수꾼〉을 보면 우리가 보리밭을 보는 시각과 다르지 않다. 평원에 끝없이 펼쳐진 파아란 호밀밭은 순수의 세계다. 어린이에게 호밀밭은 자연의 놀이터요, 안전하고 투명한 광장이다. 하지만 호밀 밭둑을 넘어서면 즉시 허위로 가득한 세계가 펼쳐진다. 주인공 홀든이 지키려한 것은 호밀밭에 남아있는 순수의 세계였다.

　우리 삶에 호밀밭을 파괴한 주역들은 호밀 밭둑 너머에 살고 있는 어른들이다. 특히 밭둑 너머 사회에서 방귀 꽤나 뀐다는 사람들이다. 콜필드가 환멸을 느낀 것은 바로 그런 사람들이었다. 자신들의 삶 하나 제대로 건사하지 못하면서 이래라저래라 훈수하는 사람들.
　거짓과 위선과 허위를 빼면 아무것도 아닌 밭둑 너머의 삶에 환멸을 느낀 콜필드는 우여곡절 끝에 차라리 호밀밭의 파수꾼이 되겠다고 선언한다. (그 시절 작가가 살았던 미국의 사회상도 어지간했던 모양이다.)
　오죽했으면 호밀밭의 파수꾼의 반항아, 콜필드(16세) 신드롬이 나타났을까!

　"내가 할 일은 아이들이 절벽으로 떨어질 것 같으면, 재빨리 붙잡아주는 거야. 애들이란 앞뒤 생각 없이 마구 달리는 법이니까 말이야. 그럴 때 어딘가에서 내가 나타나서는 꼬마가 떨어지지 않도록 붙잡아주는 거지. 온종일 그 일만 하는 거야. 말하자면 호밀밭의 파수꾼이 되고 싶다고나 할까. 바보 같은 얘기라는 건 알아. 하지만 정말 내가 되고 싶은 건 그거야. 바보 같겠지만 말이야."

"정말 문제였다. 어디서도 아늑하고 평화로운 장소는 절대로 찾을 수 없다는 것 말이다. 그런 곳은 없는 것이다. 어딘가에 있을지도 모른다고 생각하고 있겠지만, 그곳에 일단 가보면 우리가 보지 못하는 틈을 타서 어떤 자식이 바로 코밑에다 'Fuck you'라고 써놓고는 사라져 버릴 것이기 때문이다."

콜필드가 지키려고 한 것은 가식의 세계로부터 잠식당하는 순수를 지켜내려는 몸부림이었다. 현대인은 호밀밭 바로 옆 동네, 즉 허위와 위선으로 가득한 벼랑 끝 세계에 발을 딛고 살아가고 있다. 여기에 잘 적응하면 할수록 아이러니 하게도 가면의 세계에 가장 적합한 자로 살아남아 오히려 보리밭을 깔아뭉개는 생존 기술자로 부상한다.

어느 사회건 호밀밭은 바보들이 지켜야할 몫이며 그런 바보들은 항상 존재한다. 우리가 소중히 지켜야 할 건 바로 그런 바보들의 보리밭을 보호해주는 일이다.

보리밭도 호밀밭도 점점 보기 힘들어졌다. 우리의 순수 결핍증이 그와 무관치 않으리라.

웃기고 자빠졌네

정의 없는 국가는 강도떼와 같다[*]

'웃기고 자빠졌네!'

코미디언 김미화 씨의 묘비명이라는데 재치가 넘친다.

이 묘비명은 뼈있는 농담도 곧잘 하던 그녀답게 웃기고 자빠진 주체가 누구인지 모호하다. 그리고 블랙리스트 때문에 들끓는 이즈음 상황에 툭 던지려고 준비해둔 메시지처럼 느껴져 절묘하다.

---

[*] 아우구스티누스.

그녀는 누구나가 인정하는 잘 나가는 개그우먼이었다.

어디서든 판만 깔아주면 그렇게 잘 웃기고 자빠졌던 그녀가 슬그머니 방송가에서 사라졌었다. 부잣집 업 나가듯 슬그머니 사라져서 처음에는 뭐 잠깐 휴가라도 받았으려니 했을 정도로.

그러는가 싶더니 그걸로 끝이었다. 오랫동안 그녀의 찌그러진 냄비 같은 털털한 개그 언어를 더는 들을 수 없었다.

그녀의 오랜 부재는 웃을 일이 별로 없는 서민들의 웃음보따리 한 개가 사라진 아쉬움 정도의 사건이 아니었다. 그녀의 실종 뒤엔 온 나라를 뒤흔든 블랙리스트가 있었고 그녀는 그 블랙리스트의 VIP 고객이었던 것이다.

그녀가 방송에서 무장해제된 것은 내 편이 아닌 저 편이었기 때문이다.

내 편에 전혀 도움이 안 되는 꼴 보기 싫은 것들 9,743명의 명단이 블랙리스트다. 민주주의는 내 편 네 편이 아닌 수많은 편들과 수많은 의견들이 부딪히면서 이뤄지는 사회다. 내 편만 가지고 국가를 운영하겠다는 것은 민주주의 가치를 부정하는 발상이다.

무엇보다 21세기 한복판에 OECD 국가라 자부하는 나라의 국가기관이 선량한 개인을 상대로 '테러'극을 기획했다는 것이 충격적이다. 국민의 혈세를 들여 블랙코메디나 만드는 웃기고 자빠진 비열한 짓을 조폭이 아닌 국가기관이 하고 있었다니….

이 살생부와 다름없는 블랙리스트에 오른 죄로 모습을 감춰야 했던 그녀는 육신이 쪼그라들고 영혼이 파멸되는 고통을 감수해야 했다.

이걸 누가 어떻게 보상한단 말이며, 그게 보상으로 가당키나 한 것인가.

"살면서 어려운 사람들이 있으면 달려가서 함께 웃고 운 것 뿐인데…".

오랫동안 무장해제 됐었던 그녀가 뉴스 인터뷰에 나와 울먹일 때 나는 분노를 넘어 이런 허탈감이 들었다.

'유럽 같았으면 이 같은 일을 저지른 정당이나 국가가 존립이나 할 수 있을까.'

막 뒤에서 '떡줄 놈'과 '떡 뺏을 놈' 명단을 만들어 놓고 양아치나 조폭처럼 국가가 나서 폭력을 휘둘렀으니 국격은 이미 외신의 조롱거리가 되어가고 있다.

국정원이 기획하고 연출한 배우 문성근·김여진의 합성사진 유포는 이 채신머리없는 짓의 하이라이트 격이었다.

이 낯 뜨거운 동영상을 19금 동영상에 은근슬쩍 끼워 넣어

실제 상황인 듯 여론을 호도하려 했으니….

지난 정권은 회심의 일타로 이 동영상을 유포했으나 결과적으로는 가짜 실화(實話)가 실화(失火)가 되어 불벼락을 맞은 꼴이 됐다. 요새 뜨고 있는 유행어처럼 '이게 실화냐?'

이번 동영상 사건은 한국 정치의 수준과 국민의 수준을 견줘보는 좋은 계기였다.

"잘못된 일을 잘못됐다고 말한다고 해서 블랙리스트라고 부른다면, 우리는 언제나 블랙리스트일 수밖에 없다."

이렇게 말할 줄 아는 국민의 수준은 이제 현실 정치의 수준을 넘어서고 있는 것이다.

"사람에게 부끄럽지 않으면 하늘조차 무섭지 않다.(不愧于人, 不畏于天)"고 했던 〈시경〉의 일침은 블랙리스트를 기획하고 지휘한 자들에게 딱 들어맞는다.

이번 사건이 더 충격적인 것은 군사정권에서 문민정부로 이양된 후 더 이상 치졸한 국가의 문화적 테러리즘이 멈췄다고 생각한 순간에 뒤통수를 맞은 까닭이다. 그토록 치밀하고도 음흉하게 살아 있었다니!

이 사건은 우리 사회 지도층 중엔 아직도 군사독재 시절 검열의 추억에 맛들린 반민주적인 인사들이 곳곳에 똬리틀고 있음을 보여주는 방증이기도 했다. 여기서 잠깐 권종술 기자의 '검열의 추억'* 한 대목을 상기해 보자.

 "이미자의 명곡 '동백아가씨'가 '왜색적'이라는 이유로 금지곡이 됐고, 지금은 전 국민의 애창곡이 된 김민기의 '아침이슬'이 '불순하다'는 이유로 부르지 못하게 한 시절이 있었다. 어처구니없는 이유로 다양한 노래가 금지곡이 됐고, 퇴폐풍조를 일소한다며 국민의 머리길이와 치마 길이까지 통제했다. 국가권력의 검열에 예술이 가위질되고, 쥐도 새도 모르게 끌려갈까 말조차 함부로 하지 못했다. 국가에 의해 모든 게 통제되고, 지금은 도저히 이해되지 않는 '희극' 같은 일들이 상식으로 통하던 시절이 있었다.

 예술과 사상의 통제는 일제강점기를 거쳐 이 땅에 뿌리내렸다. 일제에 의해 조선 민중들을 통제하기 위해 시작된 예술에 대한 사전검열제도는 해방 직후인 1946년 미군정이 '극장 및 흥행 취체령'을 부활시키면서 이어지게 된다."

 "현대국가의 본질이 '폭력 수단의 독점'에 있음을 간파한 것은 독일 사회학자 막스 베버였다. 그러나 그 독점은 어디까지나 '정당한' 것이어야 했고, 그 정당성을 보증하는 것은

---

* 민중의 소리에 실린 글(2017. 1. 30).

군과 경찰로 상징되는 합법적 폭력기구에 대한 공화주의적 통제였다. 정당성을 결핍한 폭력의 독점이 야만적 파국으로 치달을 수 있다는 사실은 20세기 세계사가 적나라하게 증언한 바대로다."**

　이 땅에서 언제가 돼야 '웃기고 자빠졌네!'가 온전히 코메디언 몫으로 돌아갈지 눈을 부릅뜨고 지켜볼 일이다.

** 이세영, 〈건축멜랑콜리아〉.

시인의 눈물

여승은 합장하고 절을 했다.
가지취*의 내음새가 났다.
쓸쓸한 낯이 옛날같이 늙었다.
나는 불경처럼 서러워졌다.

평안도의 어늬 산 깊은 금덤판
나는 파리한 여인에게서 옥수수를 샀다.

---

* 가지취: 취나물의 일종으로 맛이 쌉쌀하고 담백하다고 한다.

여인은 나 어린 딸아이를 따리며 가을밤같이 차게 울었다.

섶벌같이** 나아간 지아비 기다려 십 년(十年)이 갔다.
지아비는 돌아오지 않고
어린 딸은 도라지꽃이 좋아 돌무덤으로 갔다.
산꿩도 섧게 울은 슬픈 날이 있었다.
산 절의 마당귀에 여인의 머리오리가
눈물방울과 같이 떨어진 날이 있었다.

— 백석, 〈여승(女僧)〉 전문.

시인은 타인의 가슴 속 눈물을 들여다보는 촉촉한 눈을 가
진 사람이다.

산사에 낙엽만 쓸쓸히 나뒹구는 만추, 경내 어디쯤에 서서
불경처럼 서러운 여승을 바라보는 시인의 촉촉한 눈은 한 여
인의 기구한 삶을 단 몇 줄로 그려내고 있다.

가을밤같이 차게 울 수밖에 없는 여인의 삶의 내력을.

세상에는 많은 눈물이 있다. 기쁨의 눈물, 슬픔의 눈물, 회
한의 눈물.

** 섶벌: 토종벌의 일종으로 일벌에 속한다. 일제강점기 농촌의 몰락으로 지아
비는 돈을 벌려고 도시로 나간 모양이다.

남자가 가장 인간적인 면모를 보일 때는 주먹으로 눈물을
훔치는 순간이다.
　악한이라도 그 순간만은 순해진다. 악어의 눈물만 빼고.
　어머니는 '눈물로 진주를 만드시고' 시인은 눈물로 시를 잉
태한다.

　눈물은 음악과 함께 통역 없이도 뜨겁게 소통할 수 있는 인
류의 보편적 언어다.
　때로 진실 된 한 방울의 눈물은 어떤 위대한 사상보다 낫다.
　종종 특종 사진 속 소녀의 눈물이 세계인의 마음을 흔들지
않던가.

　시인은 맑고 깊은 눈물샘을 소유한 사람들이다.
　사랑에도 온도가 있듯이 눈물에도 온도가 있다.
　깊은 눈에서 핑그르르 돈 눈물은 따뜻하다 .
　나는 백석의 시가 좋다.
　그의 맑고 깊은 눈이 좋다.

인간에 대한 예우

오늘도 TV뉴스는 사건 사고를 전한다.

사건 사고에는 늘 죽음이 뒤 따른다. 자연재해이건 인재이건…

전엔 기껏 가까운 사람들의 사망 소식을 접하고 사는 게 고작이었으나 요즘은 불특정 다수의 죽음 소식을 내 의지와 상관없이 들어야 한다. TV뉴스는 친절하게도 전 세계 곳곳에 발생하는 죽음 소식을 부지런히 퍼 나른다. 그것도 슬픔 한 모금 없이 아주 드라이하게~.

예전에는 마을에 초상집이 생기면 그건 마을의 사건이자

슬픔이었다.

삶에서도 그랬듯이 죽음도 끈끈하게 연대했기에. 그리고 한 인간의 소멸은 전 우주의 소멸과 같았기에 충분한 예우를 갖춰 의식을 치렀다. 그것은 결국 자기 자신에 대한 예우이기도 했다.

그런데 죽음이 참 하찮은 시대가 되었다. 죽은 이에 대한 예의가 사라지면서 사람 목숨이 상품처럼 가벼워졌다. 어떤 대형 사건에 의한 수많은 떼죽음을 보면서도 우리는 음식을 먹고 커피를 마시고 수다를 멈추지 않는다. 초대형 애사에서나 쯧쯧 혀를 몇 번 차며 내가 그 현장에 없었음을 안도하면 그만인 세상이 되었다.

어쩌다 타인의 죽음에 대해 이다지도 비정한 시대가 되었을까.

프랑스의 소설가 마르셀 프루스트는 신문기사를 싫어했다고 한다. 모든 문맥을 빼버리고 말하기 때문에.

"신문 읽기라고 불리는 가증스럽고 음란한 행위는 24시간 동안 우주에서 일어난 모든 불행과 재앙들, 5만 명의 생명을 앗아간 전투, 살인, 파업, 파산, 화재, 독살, 자살, 이혼, 정치인들과 배우들의 잔인한 감정을, 그런 것들에 신경도 쓰지 않는 우리를 위해 특별히 흥분되고 긴장되는 아침의 오락거리로 변형시키며, 이것은 카페오레 몇 모금과 대단히 잘 어울리게 된다. 일본은 지진이라는 천재지변으로 많은 사람들이 사라졌는데, 솔직히 말해서, 아주 냉정하게 이야기하자면 우리에게는 그냥 '오락'입니다."

― 〈잃어버린 시간을 찾아서〉 중에서.

프루스트는 우리 인간성을 건조하고 아무렇지도 않게 만드는 주범으로 언론을 지목했다.

언론은 어떤 죽음의 기승전결을 보여주지 못한다. 시공간의 제약 때문이기도 하지만 때에 따라서는 보도하고 싶은 것만 잘라내어 결과만 보도하기 때문이다.

'다행히도 한국인의 피해는 없는 것으로 밝혀졌습니다…'.

타국의 끔찍한 인명피해 사건을 보도하는 이런 방송 태도는 어찌 보면 한국인의 피해가 없으니 다행이라는 '다행'에 방점이 찍혀 읽힌다. 수 천 명의 피해를 입은 현장에서 한국인 한 둘 ―한 둘의 목숨이 중요하지 않아서가 아니라― 의 목숨을 운운하는 것은 다른 수많은 희생자들과 그 나라 국민에 대한 예의가 아니다. 인간에 대한 예의도 아니다. 그 상황에서 꼭 '한국인'과 '다행'이란 단어가 나와야 하는가.

언론은 객관적 보도를 사명으로 한다. 애초에 건조한 속성을 가지고 태어난 것이다.

그렇지만 뉴스 공급자를 위한 뉴스가 아니라 사람을 위한 뉴스가 되려는 노력은 해야 한다. 언론은 파급력과 파괴력을 가진 두 얼굴의 괴물이기 때문이다.

사이버 공간에서 타인을 파리 죽이듯 하는 게임을 즐기는 사람들을 위해서라도 언론은 목숨을 좀더 신중하고 무겁게 다룰 필요가 있다.

자사의 뉴스 클릭 횟수를 늘리고 시청률을 높이기 위해 선정적이고 자극적인 타이틀로 시선을 끌려는 식의 보도 태도를 지양해야 한다. 특히 흉악범이 저지른 범죄의 수법과 디테일한 범죄 수법의 심층 보도는 모방 범죄를 교사할 위험이 다분하다.

죽음이나 살인을 다루는 뉴스가 자극적일수록 우리 사회가 점점 무덤덤하고 냉혹한 좀비들의 세상으로 변해가는게 아닌지 우려스럽다. 최근 십대 소녀들의 살인사건과 부산 여학생들의 폭행 사건을 경쟁적으로 보도하는 뉴스를 보면서 언론이 인명을 다루고 보도하는 형식에 변화를 가져오지 않으면 오히려 전염병을 옮기는 촉매가 되지 않을까 싶다.

'목숨'의 가치를 높여 인간성을 회복하는 것에 포커스를 맞춘 따뜻한 보도를 생각할 때다. 그것이 뉴스 원(源)인 사회에 대한 최소한의 답례며 언론의 책무라는 생각이 든다.

미
소
와

웃
음

1

   서산 마애삼존불상의 미소는 해탈한 사람만이 지을 수 있
는 미소다.
   얼마나 마음을 비우고 또 비워야 그런 미소를 지을 수 있을까.
   속세의 눈이 감히 장인의 불심을 헤아릴 수는 없지만
   '저 바위에 자비 가득한 눈빛을 새기게 해 주소서.'
   새벽마다 도량에 엎드린 간절한 발원이
   바위 속 천년의 미소에 온기가 되었으리라.
   이따금 세속의 삶을 데리고 와서 삼존불상을 알현함은

저 미소에 거울처럼 비쳐지는 내 삶의 누더기들을
돌아볼 수 있기 때문이리라.

2

삼존불상의 미소는 감히 흉내낼 수도 없는 신비로운 웃음
이다.

그래서 광장에 사는 범상한 사람들의 웃음과는 거리가 있다.

역시 웃음은 시장통에서 흘러나온 웃음이 좋다. 국밥 냄새
막걸리 냄새가 풀풀거리는.

웃음의 백미는 입안에 밥알을 다 보여주며 거침없이 웃는
사람들의 웃음이다. 이런 사람들은 장담하건대 법이 필요없
는 사람들이다. 거침없는 웃음은 탁하고 투박해도 맑다. 순
수하기 때문이다. 나의 시답잖은 흰소리 한 마디에도 거침없
이 웃어주는 배려심이 많은 웃음이기도 하다. (가끔 식사 자
리에서 대화 중에 밥알 폭탄을 보내기도 해 위험하지만.)

행복을 말로 정의하라면 쉽지 않지만 행복이 어떻게 생겼
는지 그려보라 하면 대략 그릴 수 있다. 회식 자리에서 하마
처럼 한껏 입을 벌리고 웃는 태관 아우님의 입속에 밥알을
클로즈업 하면 되기 때문이다. (이런, 실명을 거론하다니~)

3

행복, 힐링, 웰빙 따위의 증후군이 나와 내 주변을 요란하게 스쳐갔다. 그 중에 일부는 아직도 유행 중이다. 이런 증후군들이 이 비좁은 땅을 몇 번이고 돌고 돌았으니 지금 우린 충분히 행복해졌을까. 출퇴근길에 분주히 오가는 시민들의 표정에서 답을 찾는다.

지하도 출구에 파도처럼 밀려가고 밀려나오는 얼굴들은 무표정하거나 굳어 있다. 감히 미소나 유머가 개입할 틈이 없을 만큼…

키스를 날리는 싱그러운 아침 인사는 그만두고 엘리베이터 안에서 가벼운 인사를 하려다가도 상대방 표정이 너무나 근엄해 인사를 건네기가 어색하던 때처럼…

웃음처럼 좋은 묘약이 없다는 걸 안다. 나도 당신도 그들도.

누구나 한때는 해맑은 웃음을 보유하고 있었다. 충분히.

누가 시나브로 그 웃음들을 거두어갔단 말인가. 어느 누가 웃음을 독점하고 매점매석하고 있기에 거리는 이처럼 딱딱한 것인가.

웃음을 독식하는 웃음들은 각성하라~.

저녁이 있는 삶의 시작은, 시민들에게 웃음과 유머를 돌려주는 일에서 출발해라~.

농
담

〈군주론〉의 저자 마키아벨리는 말한다.

"강자가 우리 사회를 지배하는 방식은 엄숙함을 조장하는 것이다. 그래서 모든 권위 있는 것은 엄숙하고 묵직해야 하며, 가벼운 농담이나 풍자의 대상이 되어서는 안 된다. 그러나 원래 웃음은 약자들의 보편적인 무기다. 풍자와 조롱을 통해 약자는 주눅든 기분과 의기소침한 불안감을 털어버리고, 권위와 힘에 대항할 용기를 얻게 된다."

그리고서 엄숙함에게 이렇게 농담한다.

"자신이 점잖은 사람인 것처럼 무게를 잡는 사람들에게는 너무 가벼운 내용이라 해도 이 코미디를 쓴 사람을 용서하시기 바랍니다."

코미디는 약자의 오락이자 무기다. 웃음과 풍자로 강자에게 대항하라는 마키아벨리에게 ―우연의 일치일까― 또 한 명 이탈리아 작가가 거들었다.
세상이 인정하는, 농담을 즐기는 작가 움베르토 에코가 가세한 것이다.

"우리는 웃으면서 화를 낼 수 있을까? 악의나 잔혹함에 분개하는 것이라면 그럴 수 없지만, 어리석음에 분노하는 것이라면 그럴 수 있다. 세상 사람들이 가장 공평하게 나눠 가진 것은 양식(良識)이 아니라 어리석음이다."
"내가 아주 어렸을 때 어른들은 이렇게 가르치셨다. 누가 무언가를 공짜로 주겠다고 하거든 경찰을 불러야 한다고."

위의 인용문을 읽다가 피식 미소가 피어났으리라. 그의 매력 포인트는 유머인듯 농담인듯 툭툭 던지는 잽에 있다. 카운터펀치 한 방의 무게가 실려 있는 잽(문장)을 맞으며 독자들은 열광한다. 지식 마조히스트처럼…

움베르토 에코는 이탈리아가 낳은 천재다. 그는 기호학, 철학, 역사학, 미학, 소설, 에세이, 칼럼 등등 손대지 않은 영역이 없을 만큼 광범위하게 인간사를 집적거렸다. 심지어는 한국의 개고기 문화 옹호 발언까지.(자신의 웬만한 저서를 번역 출간해준 답례?) 이런 그를 지식계에서는 티라노사우르스로 평가한다. 무지막지하게 먹어치우므로?

그의 저서 중 〈장미의 이름〉, 〈푸코의 진자〉는 한국인들의 사랑을 듬뿍 받은 익숙한 이름들이다. 몇 해 전 나는 그의 〈프라하 묘지〉에 푹 빠졌었던 적이 있었다. 역시 풍자와 농담과 유머로 가득한 문체와 끝모를 해박함에 반해서…

유럽의 중세사를 공부하는 느낌으로 읽어야 했고, 실제로 어떤 사건을 언급할 때마다 공부를 하며 읽어야 했다. 어찌 보면 이탈리아를 중심에 둔 '유럽 중세사 대해부'라는 부제를 달아도 좋을 만큼. 아무튼 그의 해박함과 농담과 촌철살인의 논평이 얽히고설킨 스토리에 취해 손에서 책을 놓지 못하고 기차 안에서까지 읽었던 기억이 새롭다.

계속해서 에코의 〈세상의 바보들에게 웃으면서 화내는 방법〉으로 가자.

이탈리아 사람들의 축구 사랑은 한국보다 한 수 위다. 축구 경기가 열리는 일요일은 범죄율도 뚝 떨어진다고 하니.

왜? 도둑님도 강도님도 축구 경기를 관람해야 해서. 그런 상황에 움베르토 에코는 이렇게 돌직구를 날린다.

"나는 축구를 싫어하지 않는다. 다만 축구팬을 싫어할 뿐이다."

그는 광적인 축구팬에 빈정상했던 것이다. 이탈리아 사람은 축구를 좋아한다. 당신은 이탈리아 사람이다. 고로 당신은 축구를 좋아하지 않을 수 없다. 이런 일반화의 오류에 빠져있는 막무가내파 광팬들이 싫었지 축구 자체가 싫진 않았던 것이다.

그의 농담은 끊임없이 이어진다.

만약에 각계의 내로라 하는 인물들에게 '어떻게 지내십니까'란 질문을 던진다면 어떤 답이 돌아올까. 그가 상상한 모범 답안은 이렇다.

- 안토니오 비발디: "계절에 따라 다르지요."
- 뉴턴: "제때 맞아떨어지는 질문을 하시는군요."
- 레오나르도 다빈치: '그저 뜻이 분명치 않은 묘한 미소를 지을 뿐'이다.

"내가 하는 농담 방법은 진실을 말하는 그것이다.

진실은 이 세상에서 제일 재미있는 농담이다.

주변 좋게 지껄여 댈만한 위트도 없고 그렇다고 침묵을 지킬만한 분별도 갖지 못한다는 것은 커다란 불행이다.

진정한 웅변은 필요한 말을 전부 말하지 않고 필요치 않은 것은 일체 말하지 않는 것이다."

우리에겐 언제 이런 농담들이 식탁을 오가고 광장에서 서성거릴까.

잘
노
는
아
이

　잘 노는 것을 가르치는 것은, 잘 사는 것을 가르치는 것과
같다.

　어떻게 놀아야 잘 노는 것일까. 잘 노는 법을 제대로 배워
본 적이 없는 기성세대들은 신세대들에 비해 확실히 잘 못
논다. 실은 놀지 못해서가 아니라 놀만한 상황이 아닌 시대
를 건너온 탓이 크다. 그래서 신세대들에 비해 노는 방법과
종류가 옹색하다. 변변한 놀이문화를 경험해보지 못하고 어
른이 되고 말았기 때문이다.

어린 시절 책읽기는 행복한 삶을 예습하는 아주 좋은 놀이 도구다. 불쑥 어른이 되기 전에 책을 둥글리며 노는 분위기를 만들어 주는 것은 잘 노는 것을 가르치는 최상의 방법 중 하나다.

"나의 인생은 책과 더불어 살아온 인생이다. 나는 책을 좋아한다. 그 이유는 책 속에 보물이 담겨 있기 때문이다. 책 속에는 인류의 보화가 담겨 있다. 그리고 무엇보다도 당신은 평생 동안 매일 이러한 부를 누릴 수 있다."

— 월트 디즈니.

어린 시절 들었던 '책 속에 보물이 있다'는 이야기를 요약하면 이렇다.

어떤 선비가 죽어라 공부하지 않는 자식에게 죽기 전에 유언했다.

'애비가 읽던 책 속에 쌀 천 석에 해당하는 보물을 숨겨놨으니 잘 찾아 요긴하게 써라.'

아들은 좋아라 하고 아버지가 소장한 책들을 날마다 샅샅이 뒤지고 또 뒤졌다. 매일 눈을 부릅뜨고 책장을 넘기고 또 넘겼다.

그러던 어느 날 아들은 문득 아버지의 뜻을 알아차렸다. 그리고 불효를 후회하며 열심히 공부에 전념하여 아버지가 그토록 원하던 과거시험에 응시해 쉽게 합격했다. 왜? 독서백편의자현(讀書百遍義自見)*이었던 것이다.

아버지가 공부하지 않는 아들에게 내린 마지막 처방은 동기부여와 함께 스스로 우러나와 공부하는 법을 가르쳐준 셈이다. 요즘은 이 우화를 토대로 독서의 날 행사에 '책속에 보물찾기'라는 놀이의 이름으로 활용하고 있다.

독서뿐 아니라 학습도 우리의 일상생활도 직장생활도 놀이하는 마음으로 받아들이면 어떨까. 물론 쉽지는 않겠지만…

사실 일이라 생각하면 오리 길도 힘들고 놀이라 생각하면 십 리 길이 즐겁다. 어른도 그런데 아이들이야 오죽하랴.

---

* 독서백편의자현: 글을 백 번 읽다보면 그 뜻이 저절로 나타난다는 뜻이다.
한(漢)나라 헌제(獻帝) 때 학자로 이름났던 동우(董遇)는 책 읽기를 밥 먹듯이 좋아해서 어디를 가든 항상 책을 끼고 살았다. 훗날 동우는 문하생들에게 '같은 책을 백 번씩 반복해서 읽으라'는 가르침을 주었다. 그러자 문하생들은 볼멘소리로 질문을 던진다. "사부님, 물론 여러 번 읽어서 나쁠 것은 없지만, 훤히 아는 내용까지 백 번을 채워서 읽는다면 그 많은 책을 언제 다 소화해 낼 수 있습니까?" 제자의 질문에 동우는 이렇게 대답했다. "그러면 세 가지 여분을 이용해 읽으려무나." "세 가지 여분이라니요?" "내가 말하는 세 가지 여분은 글 읽기에 조건이 썩 좋은 때 이외의 시간을 말하는 것이다. 즉, 겨울과 밤과 비 오는 시간이다. 겨울은 한 해의 여분이요, 밤은 한 날의 여분이며, 비 오는 시간은 한 때의 여분이다. 그러니 그 여분을 유효 적절히 이용한다면 시간이 부족해서 책을 다 못 읽겠다는 소리가 어찌 나올 수 있겠느냐."
— 〈고사성어 따라잡기〉 중에서.

"나는 책을 통해 상상하는 법을 배웠다. 상상의 세계로 들어가는 법을 배웠다. 상상의 세계는 꿈꾸는 세계다. 이 세상에서 가장 소중한 것은 상상력이다."

— 아인슈타인.

우리의 현실에서 적나라하게 보듯이 잘 노는 법을 배우지 못하고 어른이 된 사회의 놀이문화는 옹색하다 못해 누추하다. 상상력을 키울 시공간의 부재가 빚은 당연한 결과여서 더 안타깝다. 이제라도 건강하게 잘 노는 아이들을 키워낼 여러 방법론들이 이슈가 되어야 한다. 어른들의 놀이문화를 그대로 답습하는 청소년들을 보면 아찔하기 때문이다.

마음의
방향

1

  태도는 '마음의 방향*이라고 한다.

  심리학자 로버트 로젠탈은 학생들에게 지능 테스트를 실시했다. 테스트가 끝난 후 교수는 선생님들에게 각각 몇 명의 학생 이름을 적어주면서 그들은 대기만성형 학생들이라서 적절한 교육만 시킨다면 성적이 크게 향상될 것이라고 말했다. (사실 로젠탈 교수가 적어낸 학생들은 그저 무작위로 골라낸 이름일 뿐이었다.)

---

* 인간의 뇌에는 모종의 자극에 반응하기 전에 이미 존재하는 일종의 의향이 형성된다는 심리학용어임(왕샹둥, 〈심리학의 즐거움〉).

학기를 마칠 즈음 같은 학생들을 대상으로 지능테스트를 실시했는데 놀라운 결과가 나타났다. 명단 속 학생들이 모두 처음보다 월등히 높은 점수를 받은 것이다.

그 이유는 교사들이 이들 학생을 믿고 특별히 관심을 가져 준 결과였다.

이 같은 현상은 인간의 뇌에는 사전에 미리 태도가 형성되기 때문이란 것이다.

우리의 선험적인 학생관은 어떤 미지의 학생을 자기 프레임에 가둬놓고 결론을 내려버릴 위험이 있다. 자칫 '저 녀석은 공부하긴 다 글렀어' 라고 단정해 버리는….

"난 원래 안 돼는 놈이야…"

이처럼 아이들이 일찍 '학습된 무기력'에 빠지는 일이 없도록 교사들은 언행에 신중해야 할 것이다.

"배움을 방해하는 것은 무지가 아니라 이미 우리가 배운 지식이다."

2

칼 웨익 교수는 유리병에 꿀벌들과 파리를 넣고 유리병을 옆으로 눕힌 후 유리병 주둥이(입구) 반대쪽에 빛을 비추어

누가 먼저 탈출하는가를 실험했다.

결과는 파리보다 지능이 높은 꿀벌들이 먼저 유리병에서 탈출할 것이란 예상을 깨고 파리가 먼저 탈출에 성공했다.

꿀벌은 빛이 있는 바닥 쪽에서만 웅성거리다 결국 다 죽고 말았고 파리는 2분도 안 되어 탈출했다. 파리가 똑똑해서가 아니었다. 그냥 제멋대로 마구잡이로 좌충우돌 하다가 탈출구를 발견한 것뿐이다.

꿀벌은 밝은 곳에 출구가 있으리라는 나름의 상당한 논리를 가지고 계산했으나 허사였다.

이 실험은 이성이 통하지 않는 세계에서는 파리와 같은 단순함이 오히려 통할 수 있다는 것을 보여준다. 즉, 파리가 목숨을 구할 수 있었던 이유는 머리를 쓰지 않았기 때문이라면서.

그럼 머리가 아닌 육감을 써야 하나…ㅎㅎ

칼 웨익 교수는 다음과 같이 말한다.

"살면서 꿀벌의 유리벽 같은 일들을 자주 접하게 될 것이다. 이때 우리는 혼란 속에서 질서를 잡기 위해 노력해야 한다. 하지만 끊임없이 변화하는 세계에서 때로는 마구잡이로 하는 행동이 정제된 논리보다 큰 효과가 있다."

끊임없이 변화하는 세상에서 때로는 머리를 쓰지 않는 단순함이 정제된 논리성보다 큰 효과가 있을 수도 있다는 것.

즉 모험과 고수, 즉흥과 심사숙고, 첩경과 우회, 혼란과 질서, 고지식함과 임기응변, 이 모든 것은 변화에 적응하는데 도움을 준다는 것.

그렇다면 우리에게 시방 꿀벌도 되고 파리도 되면서 살라는 것임?

이래저래 삶의 길이란 쉽지 않은 길인가!

3

농부들은 농작물로 소통하고 음악인은 음악으로 소통하고 화가는 그림으로 소통한다. 기타리스트는 기타로 소통하고 정치인은 대화로 소통한다. 소통은 이심전심이다. 소통은 공감이다.

어부는 어부끼리 농부는 농부끼리 장고는 장고끼리의 소통은 원초적인 소통이다.

원초적인 소통은 배타적이며 이기적일 수 있어 위험할 수 있다. 독주는 훌륭한데 협주를 할 자세가 되어있지 않으면 자칫 그들만의 리그로 변질될 수 있기 때문이다.

협연은 각 파트의 소통을 전제로 한다. 아무리 단일 파트의 실력이 좋아도 파트별 소통이 원활하지 않으면 불협화음을 낸다.

진정한 소통이란 음악이 농업을 만나고 미술이 어부를 만나고 정치가 시인을 만나는 것이다

최근 극한의 님비현상이 벌어지는 것은 오랫동안 우리사회를 짓눌러온 그들만의 리그가 만들어낸 그림자다. 상위리그가 하위리그를 권위로 을러대거나 지배하려들거나 폄하하지 않고 독자성을 유지하면서 에너지의 파이를 키워나가는 것 거기에 진정한 소통이 있다.

4

"그리스 신화에 나오는 피그말리온은 키프로스 섬의 국왕이다. 조각 솜씨가 뛰어났던 피그말리온 왕은 어느 날 상아로 아름다운 여인을 조각했다. 그런데 조각이 어찌나 아름다웠던지 왕은 그만 자신이 만든 조각상을 사랑하게 되었다. 그 후부터 왕은 마치 조각이 살아 있는 것처럼 온갖 정성을 쏟으며 애지중지했다. 결국 왕의 정성에 감동을 받은 사랑의 여신 아프로디테는 조각상에 생명을 불어넣어 사람으로 만들어 주었다. 단지 꿈에 불과했던 일이 현실이 된 것이다. 이

처럼 강한 염원과 기대가 실제적인 효과를 불러오는 것을 '피그말리온 효과'라고 부른다."

한동안 잠잠해지나 싶었던 학교폭력 문제가 전국에서 불거져나와 종종 매스컴의 집중포화를 맞고 있다. 학교폭력이 더 빈번하고 잔인해졌다는 믿을만한 보고서는 아직 본 적이 없지만 심리적 느낌은 전에 비해 충격적인 것은 사실이다. 특히 가해자들이 죄의식조차 느끼지 않는 것에서.

이쯤 되니까 여기저기서 소년법 연령을 낮추자, 폐지하자 논쟁을 촉발한다. 이런 때 문제의 근원을 추적하고 냉정해져 보자는 생각에서 〈심리학의 즐거움〉 속에 이야기 한 토막을 통째로 소개한다.

로저 롤스는 뉴욕의 흑인 빈민가에서 태어났다. 이곳은 폭력, 마약, 알코올 중독, 밀입국 등이 판치는 무법지대로, 이곳에서 태어난 아이들은 부모의 삶을 그대로 물려받아 성인이 된 후에도 번듯한 직장을 구하지 못하고 사회의 천대를 받았다. 로저 롤스는 학창시절 무단결석과 폭력을 일삼는 소문난 문제아였다. 그러던 어느 날 로저 롤스가 다니는 노비타 초등학교에 피어 폴이라는 교장선생님이 새로 부임했다.

하루는 교장선생님이 로저 롤스의 손을 보더니 이렇게 말했다.

"가늘고 긴 손가락을 보니 너는 틀림없이 뉴욕 주지사가 되겠구나."

이 말을 들은 로저 롤스는 벼락을 맞은 것 같은 충격을 받았다. 그날 이후 로저 롤스는 오직 주지사가 되겠다는 일념으로 공부에 전념했다. 다시는 누군가와 싸우지도 않았으며 비속어나 욕을 입에 올리는 일도 없었다. 그리고 시간을 쪼개 적극적으로 봉사활동에도 참여했다.

40년이라는 세월 동안 로저 롤스는 단 하루도 주지사로서 부끄럽지 않은 삶을 살기 위해 노력했다. 그리고 쉰 다섯 살이 되던 해, 드디어 뉴욕의 초대 흑인 주지사가 되는 영광을 안았다.

이 이야기는 교사의 칭찬과 기대가 학생의 학습, 나아가 성장에 얼마나 지대한 영향을 미치는가를 보여주는 피그말리온 효과의 대표적인 예이다. 미국의 심리학자 윌리엄 제임스는 '인간이 가장 갈망하는 것은 칭찬'이라고 말했다. 사실 사람의 마음은 다 똑같다. 이 세상에 칭찬과 기대를 받고 싶지 않은 사람은 아무도 없다. 따라서 누군가 더 크게 발전하기를 원한다면, 그에게 긍정적인 기대를 가져야 한다. 긍정적인 기대는 상대방에게 동기와 희망을 부여한다. 청소년 범죄에 관한 한 연구보고에 따르면, 청소년들이 범죄를 저지르는 가장 큰 원인 중 하나는 부정적인 기대 때문이라고 한다.

일단 우연한 실수로 잘못을 한 번 저지르면 불량 청소년이라는 낙인이 찍혀 주위의 부정적인 시선을 받게 된다. 그러면 당사자조차 자신이 불량 청소년이라고 믿게 되어 쉽게 범죄의 나락으로 빠져드는 것이다.

대부분의 부모들은 아이의 성적이 오르지 않으면 함께 원인을 찾기보다는 머리가 나쁘다며 타박을 준다. 이것이 바로 아이를 진짜 바보로 만드는 중요한 원인이 된다.*

5

힘 빼세요~.

운동할 때도 요가를 할 때도 하다못해 병원에서 주사를 맞을 때에도 이런 소리를 듣는다.

'그 사람 어깨에 힘이 잔뜩 들어갔던데~'.

누구든 거드름을 피우면 반드시 저런 딱지가 붙는다.

힘주는 것보다 힘 빼기가 더 어려운 것은 사실이다.

힘의 역설이랄까.

---

* 왕샹둥, 〈심리학의 즐거움〉.

나는 골프를 하지 않아서 모르지만 그걸 즐기는 사람들은 이구동성으로 말한다. 골프는 자신과의 싸움이며 힘 빼기와의 싸움이라고.

몸에 힘이 들어가면 자세도 엉거주춤하고 공에 힘도 제대로 실리지 않는단다.

왜 골프뿐이랴.

삶의 기본은 힘 기르기와 힘 빼기의 조화다.

힘줄 때와 힘 뺄 때를 아는.

그래서 인생은 타이밍의 예술이라든가~.

얼굴만 봐도 그렇다. 입가에 힘을 빼면 미소가 되고 안면 근육을 풀면 인자한 얼굴이 된다.

권위도 마찬가지다. 권위는 내가 가만히 있어도 상대방이 인정할 때 저절로 생긴다. 어설프게 힘준 목에서 권위가 나오는 것으로 착각하는 갑들은 진정한 권위는 힘 빼는 곳에 있음을 모른다.

얼굴 좀 펴세요~, 김치~!

카메라 앞에만 서면 나는 왜 이리 얼굴에 힘이 들어가는가~.

정약용과 단테의 18년

정약용과 단테는 생애의 호시절을 길고 긴 유배생활에 바친 비운의 사나이들이다.

묘하게도 시대를 앞서간 두 천재의 유배 배경엔 카톨릭이 있었다.

단테는 교황청에 밉보여 유배를 떠났고 정약용은 1801년 발생한 천주교 박해 사건, 신유사옥*이 빌미가 됐다.

---

* 신유박해(辛酉迫害)=신유사옥
　1801년에 발생한 천주교 박해 사건. 천주교는 정조의 관대한 정책에 의해 18세기 말 전국적으로 교세를 확장시켜 나갔다. 그러나 평등사상을 근본으로 하는 천주교의 확대는 유교적 의례와 전통적 신분 체제를 위협하는 것이었다.

단테는 18년에 걸쳐 〈신곡〉을 완성하였고 정약용은 18년에 걸친 유배기간 동안 수많은 명저를 탈고하였다. 이들의 운명은 이처럼 기묘하게 얽혀 있다. 더구나 정치적 탄압에도 좌절하지 않고 귀양살이조차도 학문 정진의 기회로 삼은 것까지. (단테는 무려 21년간에 걸친 망명생활을 했다.)

"하늘은 나를 버리지 않고 곱게 다듬으려 했다."
다산 선생의 그릇 크기가 보이는 말이다.
맹자는 말했다.
"하늘이 장차 어떤 사람에게 큰 임무를 내리려 할 때는 반드시 먼저 그의 마음을 괴롭게 하고, 그의 근골을 힘들게 하며, 그의 몸을 굶주리게 하고, 그의 몸을 곤궁하게 하며, 어떤 일을 행함에 그가 하는 바를 뜻대로 되지 않게 어지럽힌다. 이것은 그의 마음을 분발시키고 성질을 참을성 있게 하여 그가 할 수 없었던 일을 해낼 수 있도록 도와주기 위함이다."

다산은 강진 유배생활을 하면서 국가경영의 전반적 개혁

정조가 죽은 뒤 순조가 즉위하자 천주교를 사교로 규정하고 본격적으로 탄압하였다. 이를 신유박해라고 한다. 신유박해로 이승훈, 이가환, 정약용 등은 처형 및 유배당하고, 청의 신부인 주문모 등은 사형 당하였다. 신유박해는 집권 세력인 노론이 그 반대 세력인 남인 일당을 몰아내기 위한 일종의 정권 다툼이라고도 할 수 있다.

방향을 담은 〈경세유표(經世遺表)〉를 썼고 목민관, 즉 수령이 지켜야 할 지침을 밝히면서 관리들의 폭정을 비판하고 백성들에게 선정을 베풀 것을 권고하는 〈목민심서(牧民心書)〉를 완성했다.

그리고 자의적·법외적 재판과 형벌 부과가 이루어지자 형벌은 반드시 법률을 근거로 해야 한다며 관리들이 참고할 수 있도록 지은 책, 〈흠흠신서(欽欽新書)〉를 썼으며 〈마과회통(痲科會通)〉(마진=홍역의 전문 연구서)같은 의학 전문서도 썼다. 그의 손길이 닿지 않은 영역이 없었다.

그런가 하면 정조의 명으로 한강에 배다리를 건설하였고 수원화성 축조의 효율성을 높이기 위해 그 유명한 거중기를 설계했다.

그런 와중에도 초의 선사와는 다담(茶談)으로, 추사 김정희와는 필담(筆談)으로 교류하며 학문과 교양 인품을 고양하는 일도 게을리 하지 않았다고 한다.

단테는 후일 자신을 유배 보냈던 정권이 무너진 후 피렌체 정부와 시민들의 귀환 권고에도 끝내 귀환을 거부하고 유랑하다가 56세에 객사했다. 자신을 추방했던 조국에 대한 섭섭함과 노여움이 컸던 탓이다.

단테는 〈신곡〉의 첫머리에서 이렇게 노래한다. '한평생 나

그넷길 반 고비에 올바른 길 잃고 헤매던 나 컴컴한 숲속에 서 있었노라.'

신곡은 라틴어가 아닌 단테의 고향어였던 피렌체어로 쓰였다고 한다. 그리고 이 신곡을 기점으로 피렌체어가 이탈이아어의 표준어가 되었다 하니 그의 위력이 어느 정도인지 실감나지 않는가.

두 천재의 고통스런 삶은 그들의 영혼을 단단하게 다져놓았고 그 힘으로 불멸의 작품이 탄생했다. 탄탄대로를 두고 굴곡진 길을 일부러 택하는 사람은 없을 것이다. 어차피 생의 길은 굽이 길이다. 굽이 길을 더 힘겹게 넘어선 사람만이 인생의 참뜻과 맛을 안다. 그래서 집단의 리더는 눈물 젖은 빵을 먹어본 자여야 한다.

오랜 세월의 고통이 단련시킨 질 좋은 그릇일 가능성이 크기 때문이다.

촛불과 루쉰

촛불 정국의 와중에서 나는 문득 루쉰(魯迅)* 선생을 떠올렸다.

1904년 일본 센다이 의학전문학교에서 의사수업을 하던 그는 어느 날 동포의 죽음을 목격한다. 러시아를 위해 군사기밀을 정탐했다는 이유로 일본 경찰에게 붙잡힌 동포가 죽임을 당하는데도 같은 중국인들이 강 건너 불 보듯 하는 것에 큰 충격을 받고 의사의 길을 접는다. 그때 그는 깨닫는다.

---

* 루쉰(魯迅/노신): 〈광인일기〉, 〈아큐정전(阿Q正傳)〉 등을 쓴 중국 문학가, 사상가. 날카로운 필봉을 휘두르며 중국의 현실을 고발한 소설과 잡문으로 명성을 떨쳤다.

"진정으로 치료해야 할 것은 중국인들의 몸이 아닌 정신이었음"을…

체 게바라가 의사의 길을 접고 혁명 전선에 뛰어들었던 것처럼 루쉰은 조국으로 돌아와 교사가 되어 몽매한 민중의 교화에 열정을 쏟았다.

그러나 오랜 세월 동안 길들여진 동포들의 삶을 변화시키기엔 자신이 너무나 무력함을 깨달았다. 그는 거대한 벽 앞에 좌절하면서 중국인들의 닫힌 사고를 '무쇠로 지은 방'으로 일갈했다. 어느 날 친구가 그를 찾아와 원고를 청탁하자,

"가령 창문이 하나도 없고 무너트리기 어려운 무쇠로 지은 방이 있다고 하세. 만일 그 방에서 많은 사람들이 깊이 잠이 들었다면, 얼마 지나지 않아 숨이 막혀 죽을 게 아닌가. 그런데 이렇게 혼수상태에 빠져 있다가 죽는다면 죽음의 슬픔을 느끼지는 않을 걸세. 지금 자네가 큰 소리를 쳐서 잠이 깊이 들지 않은 몇몇 사람을 깨워, 그 불행한 사람들에게 임종의 괴로움을 맛보게 한다면 오히려 더 미안하지 않은가?"

그러자 친구는 이렇게 반문했다.

"하지만 몇몇 사람들이 일어난 이상, 이 무쇠 방을 무너트릴 희망이 전혀 없다고는 말할 수 없잖은가."

친구의 말도 일리가 있다고 생각한 루쉰은 글을 쓰는 일로 민중을 교화하고 부패한 사회를 개혁하는 일에 매진한다. 그의 글은 곧 울림이 되어 중국사회 변화의 촉매로 작용한다. (마오쩌뚱은 그를 높이 평가했다고 한다.)

광화문에 촛불이 파도를 이루고 분노한 시민들의 하야 외침에 끔쩍도 않은 채 무쇠로 된 성안에 갇혀있던 사람들의 태도에서 나는 루쉰이 느꼈던 '거대한 벽'을 느꼈었다.

하지만 나라를 위한 루쉰의 작은 외침이 메아리가 되어 대륙에 퍼져나갔듯이 처음엔 미약하게 타오른 촛불이었지만 손에 손 맞잡은 촛불이 거대한 용광로가 되어 마침내 추위도 무쇠방도 녹여버리는 보고도 믿기지 않는 일을 해내고 말았다.

우리들 가진 것 비록 적어도
손에 손 맞잡고 눈물 흘리니
우리 나갈 길 멀고 험해도
깨치고 나아가 끝내 이기리라.

모두가 철옹성이라고 여기며 그 도저한 높이를 넘을 수 없다고 좌절하고 있을 때 한 사람 한 사람 모여든 촛불은 꿈과 희망이 될 수 있음을 극명하게 가르쳐 주었다.

"희망이라는 것은 있다고도 할 수 없고 없다고도 할 수 없다. 희망은 길과 같은 것이다."

—루쉰.

그렇다. 희망만이 길 없는 길에서도 길을 만든다.

루쉰은 이렇게 말했다.

"인생의 가장 큰 고통은 꿈에서 깨어났을 때 갈 길이 없는 것이다."

미꾸라지의 노래

　도인이 어느 날 한가하게 시장을 걷고 있다가 우연히 어느 가게의 큰 어항 속에 들어 있는 뱀장어들을 보았다. 포개지고 뒤얽히고 짓눌려서 마치 숨이 끊어져 죽을 것 같았다. 이때 홀연히 미꾸라지 한 마리가 나타나서 상하 좌우 전후로 끊임없이 멈추지 않고 움직였다. 마치 신룡이 꿈틀거리는 것 같았다. 뱀장어들이 미꾸라지를 피해 이리저리 몸을 움직이자 기가 통하게 되었으며, 죽어가던 생명의 기운을 되찾을 수 있었다. 뱀장어들을 움직여 기를 통하게 하고, 뱀장어가 목숨을 건진 것은 미꾸라지의 공이 틀림없으나, 미꾸라지가

몸을 꿈틀거려 움직인 것은 자기의 즐거움이기도 했다. 결코
뱀장어들을 불쌍히 여겨서 그렇게 하지도 않았으며, 또 뱀장
어의 보은을 바라고 한 것도 아니다. 스스로 그 '본성'에 따라
그렇게 했을 뿐이다.

— 왕심재, 〈추선부〉.

왕심재*의 〈추선부〉는 미꾸라지와 뱀장어의 노래쯤으로
풀이할 수 있는데, 소통과 공감에 이르는 길에 영감을 줄 수
있는 가르침이 있는 글이다.

내가 타인에게 타인이 내게 이르는 길이 도(導)라면, 답답
하고 막힌 사회, 개인들이 죽은 듯이 생기를 잃은 곳에 활기
를 불어넣는 것이 소통이다.

도인이 발견한 것처럼 죽은 듯 포개져 있던 뱀장어들을 일
깨우고 막히고 정체되었던 함지박 안에 활기를 불어 넣어주
는 것이 진정한 소통과 공감이라는 것이다.

활기찬 미꾸라지 한 마리가 자신보다 수십 배나 더 큰 죽어
가는 뱀장어들을 살리는 것은 누가 시켜서가 아니라 본성에

---

* 중국 명나라 중기의 유학자로서 왕양명의 문하생이었다. 인기가 어느 정도였
나 하면 이즈음의 게릴라 콘서트처럼 제자들이 그의 강의를 들으려고 여기저
기에서 앞다투어 모셔갔다고 한다. 일생을 양명학을 퍼트리기 위해 노력했으
나 명나라가 멸망하고 청나라가 등장한 이후 양명학이 꺾였다고 한다.

따라 즐겁게 놀다보니 자연스럽게 일어난 일이었다.

"지금 우리는 의식적인 노력만으로 소통과 공감의 세계를 만들려고 한다. 그렇지만 모든 의식적인 노력은 어느 순간 우리를 지치게 하고 무디게 만들 수 있다. 왕간(=왕심재)이 걱정했던 것은 바로 이 점이다. 지속가능한 소통과 공감의 세계를 꿈꾸기 위해서라도 자신의 삶과 자신의 내면을 더 치열하게 성찰해야 한다.

타인과 공감하며 공존하는 것이 바로 우리의 본성에 부합되는 일이라는 사실을 자각할 때까지 말이다. 바로 그 순간 우리는 세계에 삶의 의지를 가져다주는 즐거운 미꾸라지가 될 것이다."

— 강신주, 〈철학이 필요한 시간〉 중에서.

즐거운 미꾸라지는 용보다 낫다. 우리는 미꾸라지 한 마리가 온 물을 흐린다는 편견도 버려야 하지 않을까. 물은 탁하게 만들었지만 물 속에 굳어져가는 진흙을 흔들어 다른 생명들에게 활기를 주고 기포를 만들어 산소를 원활히 보급한다. 이 이야기는 우리에게 활기를 얻은 어항 속에 미꾸라지가 되라고 말하고 있다. 저런 즐거운 미꾸라지는 마침내 용이 되어 하늘을 난다.

"갑자기 비구름이 일고 천둥, 번개가 일어나더니 미꾸라지는 비를 타고 올라가 하늘의 강에 뛰어들고 대해를 넘나들어 유유히 움직이는데 좌우로 마음대로 나아가니 그 즐거운 모양이 비길 데 없었다.

작은 통 속에 들어 있는 뱀장어를 들여다보고는 구해야겠다고 생각하고 몸을 뒤틀어 용으로 변하여 다시 천둥과 비바람을 일으켜 뱀장어가 가득 찬 통을 기울였다.

이로써 갇혀서 눌려 있던 고기들이 모두 즐겁게 생기를 되찾았다. 그리고 그 정신이 깨어나기를 기다려 함께 장강대해(長江大海)로 돌아갔던 것이다."

약동하는 생명력이 느껴진다. 꽉 막힌 세계에 숨통이 트인다. 함께 깨어나 장강대해로 나아가는 그것, 이것이 진정한 소통이다.

마을교육공동체*는 학교의 존재 이유에 대한 근원적 질문과 아이들을 보다 씩씩하고 건강하게, 보다 맑고 밝게 자라게 할 성찰에서 출발했다.

이런 생각의 이면에는 학교가 지금까지 홀로 떠있는 섬이었다는 것이다.

지금의 교육은 학교의 전유물이 아니며 현대의 각박한 경

---

* 충청남도 교육청과 충남도청은 2016년 9월부터 충남 행복교육지구라는 사업으로 마을교육공동체를 운영하고 있으며, 2017년에는 7개 지역에서 지역적 특색을 고려한 마을교육자원의 저변 확대 및 마을교육과정 운영을 위해 노력하고 있다.

쟁 교육이 상생은커녕 개인의 행복도 답보하지 못한다는 것을 확인한 세계의 양심들이 이제 교육의 궤도를 수정하지 않으면 안 된다는 자성의 목소리를 높여왔기 때문이었다.

냉정하게 교육 현실을 성찰하면서 학생의 교육 활동을 중심에 놓고 학부모, 학교, 지역 사회가 연대하여 다양한 청사진을 가지고 아이들을 키워내자는 '상생 공동체'가 마을교육공동체이다.

아프리카 속담에 '한 아이를 키우려면 온 마을이 필요하다'는 말이 있다.

온 마을이 키워낸 아이는 결국 마을의 재산으로 돌아온다.

1955년 하와이 카우아이 섬** 연구는 아이들이 출생과 환경에 상관없이 훌륭하게 성장할 수 있었던 건 어떤 상황에서도 무조건 믿어주고 편이 되어주고 응원해준 사람이 한 명 이상 있었다는 결론을 내렸다.

"크게 무엇인가를 해주지 않더라도 내 감정과 욕구를 그저

** 1955년 하와이 카우아이 섬에서는 신생아 833명이 18살이 될 때까지 추적하는 대규모 연구를 했다. 40여 년 간의 연구 분석을 통해 열악한 환경에서 자란 201명 중 3분의 1인 72명이 출생과 환경의 영향을 받지 않고 훌륭하게 성장한 원인을 밝혀냈다. 그들은 모두 어떤 상황에서도 무조건 믿어주고 편이 되어주고 응원해준 사람이 한 명 이상 있었다.

비난 없이 수용해줄 수 있는 단 한 사람이면 된다."

"비통한 마음으로 거리를 걸을 때 비가 내린다.
  그때 우리에게 정말 필요한 것은 우산이 아니라 함께 비를
맞아주는 '한 사람'이다.
  이런 의미에서 누군가를 따뜻하게 바라보고 믿어주는 것
은 누군가를 살리는 일이다.
  나에게는 별것 아닌 일이지만 그에게는 절실한 애도의 순
간일 수 있기 때문이다."

— 김혜영 블로그에서.

  현재 마을교육공동체는 전 세계 곳곳에서 다양한 형태로
전개되고 있고 이미 상당한 성공을 거둔 사례들이 늘어나고
있다.
  우리 충남도에는 지역마다 특색을 갖춘 마을교육을 활발
히 전개하고 있는데, 특히 홍성 홍동마을은 숱한 언론의 조
명을 받고 있다.

  "현재와 미래를 살릴 사람을 소중히 여기며 새로운 이야기
로 마을을 가꾸는 모든 사람들과 함께하고 싶습니다."
  홍동마을 입구에 있는 마을 소개글이다.

아
주
특
별
한
입
학
식

1

2017년 3월 3일, 보령시의 작은 섬 녹도에 아주 특별한 행사가 있었다. 그것은 10년 만에 다시 재개된 녹도학습장의 입학식이었다. 죽었던 학교가 살아난 셈이니 지역민의 감회는 어떠했을까. 입학식이 아니라 축제같이 들뜬 분위기가 그걸 말해줬다.

이 섬의 유일한 학교였던 녹도학습장은 지난 2006년에 문을 닫았다. 그러다가 올해 단 한 명의 학생을 위해 10년 만에 다시 문을 열었으니 중앙 매스컴의 관심까지 받았던 것이다.

이날 학생은 단 한 명이지만 교육적 함의는 컸다.

한 학생의 가치와 존엄성이라는 측면에서. 사실 폐교를 다시 살리는 일은 풀기 어려운 숙제였다.

(단 한 명의 학생도 포기하지 않는다는 소신을 밝혀왔었음에도 불구하고)

하지만 나는 소수여서 포기하는 것은 있을 수 없다고 생각했다.

교육마저 숫자와 경제를 들이대고 포기한다면 다른 분야에서야 오죽하겠는가.

한 명이 모여 백 사람을 이룬다. 한 사람도 가벼이 대하지 않는 나라가 진정 시민을 위한 나라다.

언젠가 교육방송의 '극한직업'이란 프로그램에서 어느 중국인 의사의 고단한 일상을 보여주는 장면을 우연히 본적이 있었다.

그 의사가 돌보는 주요 고객(환자)은 오지마을 사람들이었다.

예컨대, 오지마을에 사는 할머니 환자 한 분을 위하여 그는 아침 일찍 집을 나선다. 차가 갈 수 있는 곳까지 굽이굽이 험한 비탈길을 덜컹덜컹 올라가다가 길이 막히면 차를 세운다. 그리고는 왕진 가방을 둘러메고 험한 산길을 걸어서 오른다. 숨이 턱턱 막히는 험준한 산을 넘으면 이번에는 까마득한 협곡이 그를 기다린다. 그는 깊은 골짜기 이쪽과 저쪽을 잇는 아슬아슬한 외줄에 곡예사처럼 매달려 협곡을 건넌다.

그리고 마침내 할머니 댁을 방문하여 성심껏 치료하고는 물 한 잔 혹은 과일 한 쪽 대접받고는 힘겨운 귀가 길에 오른다.

힘들지 않느냐는 방송 리포터의 우문에 그는 시골 농부처럼 진솔하게 대답한다. '다만 나를 기다리고 있을 환자를 생각할 뿐이라고.'

내겐 그의 수수한 언행이 위인전 속 슈바이처 박사보다도 더 편하게 와 닿았다.

그렇다. 환자에겐 의사가 응답해야 하듯, 배움을 요청하는 곳엔 교육자가 응답해야 한다.

녹도학습장 구하기가 숫자와 경제 논리 앞에서 불안에 떠는 한국의 수많은 '작은 학교들'에 희망봉이 되었으면 좋겠다. 추억은 작은 학교들에 더 많이 살아있다. 모교는 영원 회귀의 정신적 고향이다. 그걸 되찾은 지역민께 다시 한 번 축하드린다.

2

사연은 이렇다. 그날의 주인공 찬희 군(8)은 초등학교 입학할 나이가 되었는데, 마을에 학교가 없어 옆 섬마을 분교로 진학할 수밖에 없는 처지에 놓였다. 어린 나이에 가족들과 떨어져 지낼 수밖에 없는 딱한 처지에 놓인 것이다.

이에 찬희 군의 아버지는 교육청에 민원을 넣고 내게도 간곡한 편지를 보내왔다. 편지를 받고 이내 확답을 할 수 없었다. 학교를 폐교하는 일도 어려운 일이지만 폐교한 학교를 다시 살리는 일은 더 어려웠다. 개인 주택하나 뚝딱 짓는 일하고는 다르기에.

결국 여러 명이 지혜를 모으고 심사숙고를 거듭한 끝에 한 학생을 위한 학교를 만들기로 결정했다. 이미 언론에서 밝혔듯이 '의무교육은 국가가 책임져야 하고 한 명의 학생도 포기해선 안 된다'는 나의 소신이 다른 모든 부차적인 문제를 압도했다.

다시 개교하는 것으로 의견이 모아지자 바로 녹도에 순회교육 학습장을 설치하고 옆 섬마을인 청파 호도분교에서 순회교사를 파견하기로 했다.

입학식이 곧 마을 잔치가 된 이날의 주인공 씩씩한 찬희 군과 인근 섬마을 호도분교에서 온 고가은 학생은 지역민과 손님들로부터 큰 사랑을 받았다.

화가 박수근

거두절미하고 나는 박수근 화백이 좋다.

그가 그린 모든 그림이 좋다. 그의 그림을 가만히 들여다 보는 것만으로 위로가 된다.

'서민의 화가'라고 불리는 그는 1914년 강원도 양구 산골에서 태어났다. 그리고 지독한 가난 때문에 그의 학력은 초등학교를 다닌 게 전부였다. 6·25 동란 중 월남한 그는 부두 노동자, 미군부대 PX에서 초상화를 그려주는 일 등으로 생계를 유지하며 독학으로 그림에 매진하였다. 그처럼 힘들고 고단한 삶의 한복판에 있었기에 화폭에 서민들의 애환을 진솔하게 담아낼 수 있었던 것이다.

〈절구질 하는 여인〉, 〈광주리를 이고 가는 여인〉, 〈길가의 행상들〉, 〈아기를 업은 소녀〉, 〈할아버지와 손자〉, 〈고목〉 등등.

"나는 인간의 선함과 진실함을 그려야 한다는, 예술에 대해 대단히 평범한 견해를 가지고 있다. 따라서 내가 그리는 인간상은 단순하고 다채롭지 않다. 나는 그들의 가정에 있는 평범한 할아버지와 할머니와 어린아이들의 이미지를 가장 즐겨 그린다."

이 말이 박수근 자신의 철학과 그림에 대한 생각이 담긴 유일한 말이라고 한다. 나같이 미술에 문외한인 사람이라도 그의 작품을 금세 이해하고 공감할 수 있는 것은 작품 속에 등장하는 인물들이 소박한 서민의 일상을 다루고 있기 때문이다.

'시가 있어야 할 위치는 화려하고 윤택하며 빛나는 양지가 아닌, 피폐하고 황폐하며 소박하게 살아가는 이들 옆이다'라는 김시종 시인의 말을 빌리자면 그는 그림으로 시를 쓰는 사람이었던 셈이다.

그의 화풍에 대하여 유홍준은 다음과 같이 평했다.

"박수근의 그림에서는 유럽 중세의 기독교 성서화(Icon)

비슷한 분위기가 감지되고, 화강암 바위에 새겨진 마애불처럼 움직일 수 없는 뜻과 따뜻한 정이 동시에 느껴진다. 그리하여 박수근은 가장 서민적이면서 가장 거룩한 세계를 보여준 화가가 되었고 가장 한국적이면서 현대적인 화가로 평가되고 있다."

— 유홍준, 〈정직한 관객〉 중에서.

그러나 이러한 평가는 사후의 평가였고 그는 살아생전 입에 풀칠하기도 어려운 삶을 극복하지 못하고 떠났다. 후견인 하나 없이 51세의 나이로 세상을 떠날 때는 거의 실명 상태였다고 한다. 그림 도구를 살 수 없어 은박지에 그림을 그려야 했던 이중섭 화백은 그나마 후견인이라도 있었지만…

박수근, 이중섭 이런 분들이 한 세대만 뒤늦게 태어나 마음껏 그림을 그리는 일에만 전념했더라면 하는 생각은 부질없지만 안타깝다. 그래서 그와 동시대를 살았던 사람들은 조금씩 마음 빚을 지고 있는 셈이란다.

박 화백의 묘비명에서도 현세의 삶이 진하게 묻어있다.

"천당이 가까운 줄 알았는데, 멀어 멀어."

2 — 짧은 메모

질투는 나보다 나은 그 무엇을 시기하며
그것을 넘어서려는 분발이다.
그래서 시기와 투기와는 어감이 좀 다르다.

참새의 자유

언젠가 수업 시간에 판서를 하는데 참새 한 마리 포르르 교실에 날아들었다.

순간 교실에는 환호가 터져 나왔고 뒤늦게 뭔가 잘못된 걸 깨달은 참새도 놀라고 나도 놀랐다.

참새는 책상과 창틀로 이착륙을 반복하며 탈출구를 찾으려 몸부림쳤다.

핑계를 찾은 아이들의 함성은 푸드덕거리고~.

넋이 나간 참새는 자꾸만 맨 유리에 헤딩하더니 하필 짓궂은 꼬마 병사의 책상 위로 떨어졌다.

새는 꼼짝없이 그의 포로가 되었다.

사실 새에겐 기회가 있었다.

반대편 창문 한 쪽이 활짝 열려 있었던 것이다.

허둥지둥 매번 한쪽 방향으로만 날개짓 하느라 그 큰 출구를 찾아내지 못했을 뿐.

세상에는 날개를 가지고도 날지 못하는 항로가 있다는 걸 새는 미처 배우지 못한 걸까.

나른한 오후, 참새를 소재로 수업을 강행한다.

왜 새는 하필 비행 금지구역에 불시착 한 것일까?

운명 때문에? 교실이 궁금해서? 아니면 까불대다가?

농담처럼 던진 질문에 아이들은 온갖 기발한 답변으로 맞선다.

상상력 대결을 끝내고 정리는 헤겔의 말을 빌려왔다.

'새가 하늘을 나는 것은 자유다, 단 대기권 안에서.'

그날 아이들의 자비로 목숨을 건진 새는 무엇을 깨달았을까.

우화로 읽는 우리사회

우화의 화자는 이야기에 결론을 내려주지 않는다. 이게 우화의 매력이다. 똑 같은 우화가 읽는 사람마다 자신의 경험이 보태져 다른 맛으로 읽히는 까닭이 여기에 있다.

우화는 이미 익숙하고 빤한 이야기인데도 재미 있다.

언제나 시공간을 초월하여 해석할 여지가 있기 때문이며 '낯설게 하기'*를 통해 보여주기 때문이다.

---

* 일상적이고 익숙한 사물이나 관념을 낯설게 하여 전혀 새롭게 느끼도록 하는 예술기법.

1

"정직하지 않은 마부가 말에게 줄 곡물을 빼돌려 팔아먹곤했다. 그러면서도 말의 상태가 좋아 보이게 하려고 말을 손질하고 닦는 데는 몇 시간씩 정성을 쏟아 부었다. 화가 난 말이 이렇게 말했다. '내가 건강해 보이게 하고 싶거든 손질은 덜하고 먹이를 더 주시오.'"

이 이야기엔 말이 먹을 곡물을 누가 제공했는지에 대한 언급이 없다. 그래서 곡물 제공자를 마을 사람으로, 마부를 마을 사람들이 임명한 관료로 연결하면 금세 현실의 어느 상황들과 연결된다.

어느 사회건 말먹이를 빼돌리는 마부들은 존재한다. 후진사회일수록 이런 마부들 때문에 어려움을 겪고 발전도 더디다.

마부는 자신이 빼돌린 곡물 양만큼 비루해진 말을 살찐 말처럼 왜곡해야 한다. 그래서 윤기나는 가발로 은폐하거나 힘에 부치면 마을의 토호들과 은밀히 손을 잡는다. 그런데 세상만사엔 일어날 일은 결국 일어나고 만다.

그 말은 마을이 위급할 때 쓰려고 비싼 값을 지불하고 사온 이웃 마을의 준마였는데, 정작 위험한 상황에 이르러 관리상태를 점검해보니 준마는 커녕 비루먹은 말이었던 것이다.

이쯤 하면 요즘 언론으로부터 뭇매를 맞고 있는 '깡통에 뺑

끼 칠한 탱크' 놀이, 어이없는 방산 비리가 떠오를 것이다.

"조국에 대한 나의 충성심과 공직자로서의 정직함은 내가
가진 가난으로 충분히 증명되고도 남는다."
〈군주론〉의 정치 사상가 마키아벨리가 고문을 받으면서
내뱉었던 이 말은 사실이었다. 그가 누린 권력에 비해 그는
형편없이 가난했던 것이다. 그가 높이 평가받는 지점엔 아마
이 가난도 한 몫 했을 것이다.
마부들이 말총 관리를 통해 본질을 흐릴 때 우리가 유의해
야 할 건 그 장난질에 휘둘리지 않는 일이다. 우리의 일상 곳
곳에 웅크리고 있는 왝더독(wag the dog)**을 예의주시하면
서…

2

급하게 먹이를 삼키다 뼈가 목에 걸린 늑대가 만나는 동물
마다 붙잡고 고통을 호소하며 뼈를 좀 빼내달라고 부탁했다.
보상금까지 약속하면서. 늑대를 가엾게 여긴 학이 긴 부리를
이용해서 늑대의 목에서 뼈를 빼주고 약속한 보상금을 요구

** '꼬리가 몸통을 흔든다'는 뜻으로 주객(主客)이 전도되었다는 뜻.

했다. 그러자 늑대가 이빨을 드러내며 이렇게 말했다.

"배은망덕한 것 같으니. 목숨을 살려주었는데 무얼 더 달라는 거냐! 늑대의 입속에 대가리를 집어넣고 살아남은 녀석이 어디 또 있다더냐?"

늑대의 궤변이 뻔뻔하고 능청스럽다. 우리는 가끔 텔레비전에서 저렇게 뻔뻔한 궤변들과 마주한다. 그럼 채널을 돌려버리고 싶어진다.

후안무치한 늑대는 순진무구한 학을 다스리는 권력자다. 둘은 갑과 을의 관계다. 저 세계에서 이빨도 발톱도 없는 학에게 발언권은 무용지물이다. 늑대의 논리가 엉터리라는 것을 아는 깨어있는 학들의 저항은 저 막강한 이빨의 위력에 속수무책이다.

저급한 사회의 작동은 저렇듯 궤변과 이빨의 위력으로 돌아간다. 저 우화엔 여우가 빠져있지만 나는 조연배우로 여우를 추가하고 싶다. 늑대의 뻔뻔한 궤변이 먹혀드는 사회 건설엔 여우들의 공이 컸으므로. 그들은 연한 고기 한 점과 영혼을 바꾼 대가로 늑대의 궤변을 개발하고 확대재생산하는 전문 여론 몰이꾼으로 대접받는다.

늘대가(家)의 전술은 상대를 진흙탕 속으로 끌어들이는 싸움법이다.

궤변의 늪에서 진흙탕 싸움하는 걸 구경하다보면 백구도 황구도 다 그 놈이 그놈이 된다. 늘대가 노리는 것이 바로 이 지점이다. 다행히 이런 싸움을 하도 많이 지켜본 학들이 드디어 내공이 쌓여 진흙 속에서 진주를 찾는 방법을 깨닫기 시작했다. 더 이상 늘대들의 낡은 전술이 먹혀들지 않기 시작했다. 그래서인지 늘대들이 여우를 닮으려는 제스처를 취하고 있기는 하다. 그렇다고 학의 세상이 곧 도래할까.

3

매가 비둘기들을 찾아가 이렇게 말했다.

"어찌 너희들은 늘 불안한 이런 삶을 굳이 고집하는가. 내가 솔개든, 독수리든 그 누구도 덤벼들지 못하도록 안전하게 보호해줄 텐데. 나를 왕으로만 만들어준다면 말이야. 그러기만 하면 난 더 이상 너희를 괴롭히지 않겠어." 비둘기들은 이 말을 믿고 매를 자신들의 왕으로 뽑았다. 하지만 매는 왕이 되자 왕명으로 하루에 한 마리씩 비둘기를 갖다 바치도록 했다. 아직 자기 차례가 돌아오지 않은 비둘기 한 마리가 한탄

했다: '우린 이런 꼴을 당해도 싸.'

촛불의 함성이 전국에서 메아리칠 때 광장의 시민을 웃겼던 수많은 패러디 중에 이런 게 있었다.

'내가 이러려고 투표를 했는지 자괴감이 든다!!!'

비둘기들은 매번 매의 수법에 당하면서도 같은 실수를 저지른다. 매는 한 손에는 공포탄을 한 손에는 연막탄을 들고 자신들만이 솔개와 독수리로부터 안전을 지켜낼 수 있다고 세뇌시킨다. 여기에 우리 동네 사람만은 특히 잘 먹고 잘 살게 해주겠다는 오래된 동네 사람 논리로 권력을 쥔다.

매는 '희망과 기대를 품고 부여한 권력을 도리어 비둘기들을 잡아먹는 데 사용한다. 여기서 우리는 민중의 믿음이 만들어낸 권력이 민중을 배반하는 역설을 본다.'***

뿐만 아니라 매는 막상 독수리가 나타나면 잽싸게 비둘기 마을을 떠난다.

*** 김태환, 〈우화의 서사학: 40 가지 테마로 읽는 이솝 우화〉.

짧은 메모

1

인류 최초의 인간 아담의 아들은 카인이다.

카인은 동생 아벨을 때려죽이는 죄를 범했다.

신이 동생의 제물만 받자 그걸 질투해서였다. 하지만 신은 그를 용서한다.

그 후, "질투는 유치하고 비겁한 인간의 특징이 아니라 인간 문명의 동력이" 되었다.

'질투 만세! 질투하는 연인들 만세! 질투가 없으면 사랑의 미래는 없다.'

질투는 나보다 나은 그 무엇을 시기하며 그것을 넘어서려는 분발이다. 그래서 시기와 투기와는 어감이 좀 다르다.

조선왕조 당쟁의 역사는 시기와 투기의 역사다. 상대의 좋은 점을 넘어서려는 분발은 적고 오로지 깎아내려 내가 올라서려는 저급함이 주를 이루는. 요즈음 정치 현안마다 극한 대립을 보이는 여야의 정쟁도 당쟁만큼이나 저속하다는 생각이 든다.

'차라리 질투를 하시오. 분발이라는 허름한 외투라도 걸치고서. 당신과 당신들의 나라를 위하여…'

2

'사드'와 '핵'이라는 뜨거운 폭탄 때문에 온 나라가 시끄럽다. 언론사 마다 전문가들을 데려다놓고 내놓는 처방전이 가히 백가쟁명이다. 어떤 전문가는 돌팔이만한 식견으로 견강부회를 하고 어떤 전문가는 자신의 의견만이 정답인양 단정적으로 말한다.

하지만 병은 깊어가는데 백약이 무효다. 이런 땐 시간이 약이다. 시간 약 처방에 고수 한 분이 이탈리아에 있었다.

"시간이라는 좋은 약을 쓰기만 하면 병독의 진행이 늦춰지고, 결국 타고난 병독의 수명이 다하면 저절로 그 고통은 사라지게 마련이다."

매의 발톱과 뱀의 지혜로 세상을 꿰뚫어 본 마키아 벨리의 시간 처방전으로 한국의 현 상황을 다스려보면 어떨까. 급할수록 천천히 위험한 결정일수록 신중하고 국가의 명운이 달린 결정은 여론에 등 떠밀리지 말 것.

목소리 큰 자들이야 나중에 자신들의 판단이 틀렸어도 '아니면 말고'가 가능하지만 결정권자는 자신의 책임 때문이 아니라 백성의 고통 때문에 신중해야 하는 것이다.

"너무 강력한 강자와 맞붙게 되었을 때 운명을 걸고 단번에 승부를 겨루는 건곤일척(乾坤一擲)보다는, 시간을 끌면서 다른 기회를 엿보는 와신상담(臥薪嘗膽)이 더 지혜로운 선택"*이다. 최근 고민이 깊어가는 문재인 정부의 조타수들이 새겨볼 만하다.

---

* 김상근, 〈세상에서 가장 위험한 현자 마키아벨리〉.

3

"어느 문명권이나 나라도 영원히 지속되지는 않으며, 결국에는 쇠락의 길로 접어든다.

거대한 피라미드를 쌓아 올렸던 이집트 문명도 망했고, 플라톤과 아리스토텔레스를 배출했던 그리스 문명도 망했다. 영원한 로마를 아예 신전으로 모셨던 로마 제국도 결국 쇠망의 길로 접어 들었다. 영원한 권력을 추구하는 것처럼 보였던 영웅 체사레! 마키아벨리즘의 실질적인 영감을 주었던 영웅 체사레도 순식간에 몰락의 길로 접어들었다. 모든 힘과 권력은 물론 조직, 단체, 개인은 생성, 성장, 소멸이라는 순환을 거치게 된다. 누구도 쇠퇴와 몰락이라는 운명의 수레바퀴를 되돌릴 수는 없다."**

마키아벨리는 영웅의 등장과 몰락을 포르투나(Fortuna, 운명)의 장난으로 설명한다. 운명은 신과 인간의 합작품이다. 결국 그것을 극복하느냐 마느냐 하는 것은 자신의 노력과 지혜에 달려 있다. 역사의 뒤안길로 쓸쓸히 퇴장하는 사람, 아름다운 뒷모습으로 퇴장하는 사람, 처량하고 비참하게 떠난

** 김상근, 〈세상에서 가장 위험한 현자 마키아벨리〉.

사람도 모두 자신이 만든 업보요 길이다.

"산천은 의구하되 인걸은 간 데 없네~".

촛불의 격랑 속에 부침(浮沈)하는 권력의 등퇴장을 지켜보면서 한편으론 인간사 모두 쓸쓸하다.

4

1636년 병자호란 때 청나라 장수 용골대와 마부대의 통역으로 입국해 청나라의 조선 침략에 앞잡이 노릇을 한 사람이 있었으니 그 이름은 정명수였다.

〈한국민족문화대백과사전〉에 수록된 그에 대한 설명을 잠깐 살펴보면, "1618년 명나라가 요동을 침범한 후금(淸)을 토벌할 때 조선에 원병을 요청하자, 조선에서는 강홍립을 오도(五道) 도원수로 삼고 김경서를 부원수로 삼아 1만 3000명의 군사를 거느리고 출정하게 했는데, 그도 이 때 강홍립을 따라 출정하였다. 1629년(인조 7년) 명나라 제독 유정(劉綎)의 휘하에 들어간 강홍립의 군대는 부차전투(富車戰鬪)에서 패배해 후금에 항복할 때 포로가 되었다.

이듬해 조선 포로들은 석방되었으나, 그는 청나라에 살면서 청국어를 배우고 청나라에 우리나라 사정을 자세히 밀고해 청나라 황제의 신임을 얻었다."(이하 생략)

항복 협상 과정에서 영의정 '김류'가 같은 조선인인데 '왜 당신은 청나라 편을 드느냐' 따지듯 묻자 자신은 노비 출신이라며 '조선에서 노비는 사람이 아니오, 더는 내게 조선 사람이라 하지 마시오'라며 오히려 분노한다.

천한 신분으로 태어난 것도 억울한데 자신을 사람 취급도 하지 않고 쫓아낸 조선이 이제 어려움에 처하자 '같은 나라 사람' 운운하는 가증스러움에 치를 떨었던 것이다. 신분제도라는 벽을 넘어야 사람일 수 있었던 그는 사람이 되기 위해 조국을 버렸던 것이다.

평화 시엔 갑질의 끝판왕이었던 양반님네들이 전시엔 나라로부터 은혜를 받은 적 없는 사람들을 전선에 몰아붙이고 자신들은 뒤에 웅크려 살 궁리에 연연하는 모습만 보였으니 그토록 기다렸던 원군인들 올 리가 없었고 사람이 아닌 사람들이 사람을 위해 목숨 걸고 싸울 명분이 없었던 것이다. 인심을 잃을 대로 잃은 조정과 정명수의 대비…이미 조선의 운명은 실금이 가고 있었던 것이다.

김훈의 글은 호흡이 짧고 간결하다. 그래서 투박하지만 힘
이 세다.

"버려진 섬마다 꽃이 피었다."

자신의 생각이나 감정을 냉정하게 잘라낸 〈칼의 노래〉첫
문장이다. 서술어를 여럿 거느리지 않는 건조한 시선과 독특
한 호흡 때문에 그의 팬들은 열광한다.

"서울을 버려야 서울로 돌아올 수 있다…".

〈남한산성〉은 병자호란 당시 고립무원의 성에서 인조와
조정의 신하들이 47일간 농성하며 겪은 기록을 다루고 있다.

특히 인조의 '삼배구고두례(三拜九叩頭禮)'*를 중심에 놓고 조정의 대신들 간에 뜨거운 논쟁을 보여준다. 삶과 죽음이 교차하는 절체절명의 순간에 창칼이 아닌 삿된 말들이, 논리와 논리가 피를 튀기면서…

영화 〈남한산성〉 자막은 1636년 병자년 겨울로 관객을 이끈다. 그리고 청의 대군 진격에 갈팡질팡하던 조선 조정은 강화도의 피난이 여의치 않자, 남한산성으로 들어갈 수밖에 없었음을 일러둔다. 정확히 1636년 12월 14일부터 1637년 1월 30일까지 47일 동안이었다.

산성에서의 47일 동안 성 안에 있던 모든 생명들의 처절한 버티기를 영상으로 보는 것조차 고통스러웠다. 그 고통은 누구도 피할 수 없었다. 왕과 대신, 병사와 백성, 천민과 심지어는 마소들까지도.

"그해 겨울은 유난히 추웠다."

이 도입 문장엔 필설로 다하지 못하는 참혹함이 함축적으로 담겨 있다.

영상은 병자호란 당시 조정 대신들 간에 치열한 논쟁과 민초들의 피폐한 삶을 일체의 연민을 배제한 김훈 식 시각으로

---

* 중국 청나라 시대에 황제나 대신을 만났을 때 머리를 조아려 절하는 예법.

담아내려고 노력한 흔적이 보인다.

영화 〈남한산성〉의 골간은 청나라 장수 용골대의 거듭된 항복 요청에 결단을 못하고 미적거리는 인조와 척화론자 김상헌과 주화론자 최명길 간의 밀당 싸움이다. 그리고 그들 사이에서 좌고우면 하는 줏대 없는 영의정 김류와 장수다운 기백이 넘치는 이시백을 대비시켜 대장부의 삶과 졸장부의 삶을 극명하게 보여준다. 조정의 이야기에 민중의 대표로 초대된 인물은 서날쇠인데 이 영화의 숨은 주인공이다. (전시에 민초들이 그렇듯이)

왕의 옥새가 찍힌 격서(근왕병 모집) 전달 책임을 왕실의 종친도, 중신도, 무관도 아닌 성책의 대장장이로 살아온 천민 서날쇠가 맡게 되었다. 그가 목숨 걸고 성을 빠져나가야 하는 상황에서 척화파의 거두 김상헌이 '격서가 제대로 전달돼 근왕병이 오게 되고 후일 도성으로 가게 되면 왕께서 큰 상을 내리게 될 것이다'라는 사탕발림에 그는 이렇게 답한다.

"전하 때문에 하는 거 아니요. 조정대신들이 명나라 황제를 받들든 청나라를 따르던 우리 백성들에겐 별반 의미가 없소. 그저 백성들은 봄에 씨 뿌리고 가을에 거둬들여 겨울에 굶지 않는 세상을 꿈꿀 뿐이오."

김상헌으로 대표되는 척화론자의 명분엔 비장미가 서려

있다.

"쓰러진 왕조의 들판에도 대의는 꽃처럼 피어날 것이다."

"오랑캐에게 무릎을 꿇고 삶을 구걸하느니, 사직을 위해 죽는 것이 신의 뜻이옵니다."

주화론자의 명분엔 개똥밭에 굴러도 이승이라는 삶에 대한 애착이 있다.

'역적이라는 말을 들을지언정 삶의 영원성에 더 가치'를 두자고 호소한다.

"죽음은 견딜 수 없고 치욕은 견딜 수 있습니다. 죽음은 결코 가볍지 않사옵니다."

김상헌과 최명길의 논쟁에 주목하다 보면 하도 교묘한 논리에 오히려 판단이 흐려진다. 그야말로 말의 제전이다. 이러니 결단을 미루고 미적거리는 인조의 마음이 헤아려질 만하지 않은가.

그러나 말은 말일 뿐이다.

그들의 길고 긴 논쟁을 지켜보며 나는 끝없이 그 논쟁 속으로 끼어들었다.

'나는 당신들 명분의 옳고 그름을 판단하고 싶은 게 아니라, 그 좋은 명분과 애국심으로 나라가 이 지경이 되도록 무엇을 하고 있었단 말이오. 답답하오. 영화는 지금 당신들을 필요

이상 미화시키고 있소. 당신들이 한 일에 비해서 말이오.

생존에 아무 쓸모도 없는 논쟁은 논쟁이 아니라 논쟁질이오. 저 아테네의 궤변론자들과 무엇이 다르단 말이오. 백성의 녹슨 곡괭이는 땅도 파고 적군 머리통이라도 내려찍지 않소…'

영화는 주화론자도 척화론자도 미학적로 그려내고 있다. 나라를 결딴낸 사람들에게 합리화할 수 있는 멍석을 깔아준 셈이다.

더구나 입만 열면 백번이라도 죽어도 좋다는 식의 뼛속 깊은 애국자들이 자신의 소신을 위해서나 나라가 폭망한데 대해 책임을 지는 모습이 없다. 오죽했으면 역사를 왜곡해서라도 영화감독이 감상헌이 할복하는 것으로 미화했을까. 감독의 생각처럼 할복이 맞다. 그것이 죽어서 사는 것이다. 그의 말처럼.

후일담이긴 하지만 전란이 끝난 후에 저 논쟁의 중심에 있던 사람들은 모두 자연사했다. 전란의 와중에 무수히 죽어나간 건 병사와 백성이었으며 능욕을 당한 건 조선의 처자들이었다. 그 폐해가 오죽 깊고 처절했으면 지금도 화냥년이란 제 얼굴에 침 뱉는 모욕적 언어가 살아있을까.

"전쟁이란 황소처럼 땅 주인에게 끌려 다니는 가난한 사람들이 정부에 의해 끌려 다니는 맨발의 졸병들과 싸우는 것"
이란 말에서 보듯 전쟁의 최대 피해자는 결국 약자들이다.

그나마 답답하고 한심한 영상 속에서 산성의 방어를 책임
진 수어사 이시백의 장군다운 기백과 마음가짐과 서날쇠의
활약이 위로가 된다고 할까.

영화를 보는 내내 전시작전권 환수니 사드니 하는 문제로
날 세워 싸우는 답답한 현실이 오버랩 된다. 역사의 데쟈뷰
랄까~.

살면서 우리는 고립무원의 남한산성에 갇혀 주화의 길에
설 것인지 척화의 길에 설 것인지 판단해야 할 때가 있다. 죽
어서 아름다울 것인가, 살아서 더러울 것인가'.

옥상에 널린 빨래가
다냥한* 햇볕 받아 눈이 부시다.
오랜만에 사람을 벗어 버리고
찌든 때를 씻어내고 냄새도 털고
날아갈 듯 가볍게 펄럭거린다.

　　　　〈중략〉

---

* 형용사로 햇볕이 잘 들어 밝고 따뜻하다는 표현인 당양하다(當陽—)의 잘못.

다시 보면 가을 운동회 날
하늘에 나부끼던 만국기 같은
저 옥상에 넌 빨래를 보면
아직 덜 마른 내 마음이 무겁다.

사람도 때를 씻고 무게를 덜면
저렇듯 깨끗하고 가벼울 수 있다면
제멋대로 부시게 펄럭일 수 있다면
젖은 빨래처럼 몸 무거운 날
나도 눅눅한 마음 꼭 짜 널고 싶다.
한 점 얼룩 없는 백기로 펄럭
내 멋대로 세상에 나부끼고 싶다.
— 임영조, 〈빨래〉.

단아하고 깨끗하다.

빨랫줄에 빨래가 한 가득 널려 펄럭펄럭 다가온다.

바짓가랑이 끝에 고추잠자리를 데려온 시리도록 푸른 하늘도 있다.

삽상한 바람과 가을 햇살과 너풀거리는 흰 빨래…

빨래 사이에서 숨박꼭질 하던 누이도 다가온다.

누이에게서 나던 바람 냄새, 햇살 냄새, 엄마 냄새, 비누 냄새 따라 보송보송 뭉게구름도 떠 온다. 흘러간다.

햇살 바른 마루 끝에 앉아 찐 고구마에 얹어먹던 아삭한 가을무 생채.

바구니 속 빨래의 물기를 탈탈 털어 가을 햇살에 걸어놓던 어머니.

코스모스 하늘거리는 신작로를 내달리는 자전거 바퀴살에 부서지는 은빛 햇살들.

가만 생각해보면 그런 날들의 일기가 따뜻한 동화였던 것 같다. 이 가을 나는 어떤 일기를 쓰며 시간의 강을 건너는 걸까. 훗날 지금 내가 쓰는 일기에선 무슨 냄새가 날까.

"세상에는 은밀한 행복들이 흩어져 있다. 하지만 하느님이나 악마는 그런 행복들을 인간에게 알려 주는 데 인색하다."**

** 에릭 오르세나, 〈오래 오래〉.

별을 노래하는 마음

사람이 죽으면 밤하늘에 별이 된다던가.

그럼 저 은하에 무수히 빛나는 별들은 어느 영혼의 눈빛일까.

지상과 천상으로 나뉘어 영원한 이별을 한 사람들이 그나마 서로를 바라보며 그리움을 달랠 수 있는 것은 별이 되는 것. 그래서 나라마다 해와 달과 별에 대한 동화와 신화가 존재하는 이유 아닐까. 그 중에서도 별은 해와 달처럼 크고 밝지도 않지만 그 은은함 때문에 그리움의 대상으로 삼은 모양이다. 너무 반짝이는 것은 그리움이 될 수 없는 까닭에.

내 어린 시절 여름 밤하늘에는 헤아릴 수 없이 많은 별들이 모여 살았다. 그땐 하늘에 별 마을도 인간의 마을처럼 대가족을 이루고 옹기종기 모여 반짝거렸다.

여름날 마당가에 쑥대를 올린 모깃불을 피워놓고 저녁상을 물린 자리에 그대로 누워 하늘을 올려다보면 어찌 그리 별들이 많기도 했던지…

툭하면 별똥별이 긴 꼬리를 달고 어린 가슴으로 서늘하게 쏟아져 내리곤 했다.

요즘 도시 하늘엔 별을 볼 수 없다.

사람들은 별을 찾지도 않고 찾을 여유도 없으며 별을 노래하지도 않는다.

우리네 삶이 팍팍해지지 않으려면 도시 하늘에다 별을 다시 이식해 놓아야 하리라. 윤동주 시인의 '서시'엔 별을 노래하는 마음을 '모든 죽어가는 것을 사랑'하는 마음이라 설명하고 있다.

윤동주는 일제치하에서 고등교육을 받은 지식인으로서 핍박당하는 조국을 위하여 할 수 있는 일이 아무것도 없다는 생각에 괴로워한다.

그러니 "잎새에 이는 바람에도 나는 괴로워했고"

"파란 녹이낀 구리거울 속에 내 얼굴이 남아있는 것은 어느 왕조의 유물이기에 이다지도 욕될까" 아파하고 참회한다.

별을 노래하는 마음은 영혼이 맑다. 인간의 힘만으로는 지상에 풀 한 포기 키울 수도 하늘에 별 하나 심을 수 없기 때문에 자연에 대한 외경심을 갖고 살아간다.

이런 사람들이 별처럼 모여 살아가는 세상이 어딘가에 있을 것이다. 있다면 그 마을이 바로 유토피아일 것이다.

"아! 꿈들을 설득하여 빈집으로 돌아오게 하는 것은 얼마나 어려운 일인가!"*

---

* 에릭 오르세나, 〈오래 오래〉.

문명이 문명에게 한 짓들

잃어버린 낙원 원명원

원명원(圓明園)*은 지상에서 가장 웅장하고 아름다운 정원
이었다.

중국 원림 예술의 집대성으로 불렸으며 서양인들은 기꺼
이 지상낙원으로 예우를 했다. 청조의 다섯 황제가 이곳에
머물며 나랏일을 도모하여 '정치가 원림에서 나오는 것'이란
전통도 만들었다. 한 마디로 중국의 자랑이며 지상의 자랑거
리였던 것이다.

_____

* 중국 베이징에 있는 청나라 때의 황실 정원.

그런 원명원이 아편전쟁 와중에 영국-프랑스 연합군에 의해 소실되어 역사 속으로 스러지고 말았다. 영원히. 복원한들 무슨 소용이랴 싶게.

"1860년 프랑스인들과 영국인들이 처음으로 원명원의 문을 부수고 그곳에 난입했다.

그들은 심미적이거나 학문적인 호기심에 이끌린 것이 아니라 무력행사에 취한 자들이었다.

파리와 런던이 다시금 북경을 모욕하기로 작정한 것이었다. 그들은 총질을 하고 횃불을 던지고 대포를 쏘아 댔다. 엘긴 백작 제임스 브루스가 이 만행을 총지휘했다. 그들은 약탈하고 파괴하고 불을 질렀다. 그리하여 세상에서 가장 풍요롭고 가장 신비롭던 정원 원명원은 연기가 되어 사라졌다.

　　〈중략〉

그 불가사의가 사라졌소.

어느 날 두 도적이 원명원에 들어갔소. 한 도적은 약탈을 하고 다른 도적은 불을 질렀소. 승리의 여신은 도둑이 되기도 하는 모양이오. 두 정복자는 역할을 나누어 원명원을 대대적으로 유린했소…대단한 무훈이었고 엄청난 횡재였소. 한 정복자는 제 주머니를 채웠고, 다른 정복자는 제 금고를 채웠소. 그런 다음 그들은 서로 팔짱을 끼고 웃으면서 유럽으로 돌아왔소. 두 도적의 이야기는 이상과 같소.

우리 유럽인은 문명인이요. 우리가 보기에 중국인은 야만인이오. 문명이 야만을 상대로 무슨 짓을 했는지 보시오.

역사 앞에서 두 도적 가운데 하나는 프랑스라 불릴 것이고 다른 하나는 영국이라 불릴 것이다."

— 에릭 오르세나, 〈오래오래〉 중에서.

우선 문명이 야만(?)에게 한 짓을 촌철살인의 웃픈 유머로 표현해준 '에릭 오르세나'에게 경의를 표하며 이 비극을 노래한 퍼시 셸리(Percy B. Shelley)의 시를 읽어보자.

폐허 이외에는 아무것도 없나니,
사라져가는 돌기둥의 잔해 주위로
끝도 없이, 그리고 황량하게
외롭고 고요한 모래밭만 아득하여라

나는 살아가면서 '누가 야만이고 누가 문명이란 말인가'와 같은 질문을 마주할 때 화가 치밀어 오른다. 야만의 가면을 쓴 문명들은 오늘날도 여전히 포커페이스를 하고 세상을 향하여 감놔라 대추놔라 가르치려 든다. 감을 사라 대추 사라는 장삿속은 뒷짐 진 손에 감추고서.

그리고 누가 그들에게 정당성을 부여한 것도 아닌데 자가 발전한 정당성을 가지고 인류의 품격과 문화까지도 간섭하려 든다.

　그들이 누리는 부와 권력은 대부분 아시아, 아프리카, 북남미, 중동, 등 소위 유색인들의 땅에서 창칼과 총포로 윽박질러 강탈한 것이다. 그들이 좋아하는 문명의 이름으로.

　영국과 프랑스가 자랑하는 대영박물관과 루브르박물관을 들여다보면 그 소장품들 중에 쓸만 하고 눈요기 될 만한 것은 대부분 남의 땅에서 빼앗은 것들이다.

　비행기를 타고 수만리를 날아온 유색인들이 자국의 문화재를 자국에서 보지 못하고 남의 나라 창고에서 구경하는 아이러니다. 이들이 야만국을 수탈할 때 원주민들을 학살한 기록은 19금 잔인한 영화는 저리가라 할 수준이었다. 특히 스페인이 잉카제국을 무너트릴 때의 참혹은 이루 필설로도 말할 수 없을 지경이다.

　'1997년 주중 프랑스 대사관 문화원이 여러 분야의 전문가들로 원명원 복원을 돕기 위한 팀을 만들어 지원했다' 하니, 이 무슨 뺨 때리고 볼 비벼주는 꼴인가.

　역사는 승자의 기록이 아니라 야만의 기록이다.

1937년 4월 26일, 스페인 바스크 지방에 있는 마을 게르니카에 참혹한 대학살이 일어났다. 스페인에서 반란을 일으킨 프랑코 장군을 도와주려고 독일과 이탈리아가 합작하여 벌인 일이었다. 수없이 많은 폭격기가 게르니카에 날아와 3시간 동안 무려 50톤이나 되는 폭탄을 이 작은 마을에 퍼부었다니⋯아비규환이 떠오르지 않는가.

전쟁과는 아무런 상관도 없이 평화롭게 살아가던 선량한 시민들은 곡절도 모른 채 죽어나갔다. 이 생지옥과 같은 비보를 접한 피카소는 큰 충격에 빠졌다. 울분을 토하던 피카소는 이 참상을 일으킨 전쟁의 민낯을 고발하기로 결심했다.

'이 그림만큼은 세상을 위한 그림이 되어야 해!'

이런 피카소의 염원을 담아 탄생한 걸작이 '게르니카'였다.

세상에 선의를 가진 전쟁은 있을 수 있어도 선량한 전쟁은 없다.

피카소는 전쟁을 인간과 인간의 삶을 파괴하는 거대한 악이라 보았다. 전쟁이란 전쟁을 일으키는 자들의 이익을 지켜내기 위해 발생하지만 그 댓가는 고스란히 죄 없는 소시민들에게 돌아온다. 전쟁의 역설이다. 왜 싸워야 하는지도 모르게 싸우며 전선에서 죽어가는 병사들의 떼죽음을 우리는 역사나 영화 예술작품을 통해서 수도 없이 듣고 확인했다.

피카소는 이 거대한 악에 선전포고를 하고 에드바르 뭉크가 〈절규〉 하듯, 분노의 붓을 들었고 그것으로 창칼처럼 휘둘러 추악한 전쟁의 민낯을 세상에 고발했다. 그것이 게르니카다. 슬프게도 게르니카나 피카소도 다만 퇴락한 역사가 되어가고 있지만 전쟁은 아직도 지구의 여기저기를 기웃거리다 패악을 부리고 있다. (피카소는 한국전쟁을 소재로 '한국의 학살'(1951)이란 그림도 그렸다.)

그런데도 아직 한국은 피카소의 게르니카로부터 자유롭지 못하다. 동족끼리 총부리를 겨누고 으르렁 거린지 60년이 훌쩍 넘어섰는데도 통일은커녕 또 다시 한반도 위기론이 등장하고 있기 때문이다. 재래식 무기로 싸운 6·25 전쟁의 피해를 대략 정리하면,

"6·25 전쟁은 양측에 엄청난 인명피해를 초래하였다. 남한 측은 민간인과 군인을 합치면 약 160만여 명이 피해를 입었다. 반면, 북한 측은 합계 350만여 명에 달한다. UN군은 사망 3만여 명, 부상 11만여 명, 실종 6천여 명이며, 중국군은 사망 11만여 명, 부상 22만여 명, 실종 3만여 명이었다.

위의 수치상으로 당시 남북한 전체 인구가 약 3천만 명이라고 할 때 약 1/5이 피해를 입었으며 한 가족에 1명 이상이 피해를 주었다고 할 수 있다."*

단순 수치로 본 인명 피해만도 상상을 초월하는 참혹상 그 자체다.

여기에 사회·경제적인 측면에서의 피해는 또 얼마일 것인가. 그 전쟁의 후유증으로 우리는 가뜩이나 작은 땅덩어리가 둘로 갈라져 막대한 예산을 군사비용에 쓰지 않으면 안

---

* 국가 기록원, 〈노래로 배우는 한국현대사〉.

되는 구조를 고착화시켰다. 게다가 서로에 대한 증오와 공고한 분단체제로 민족적 에너지를 강력하게 결집하지 못하고 있다.

재래식 무기로 싸운 전쟁의 폐해가 저러할진대 핵 운운하는 전쟁의 폐해는 상상하기조차 끔찍하다. 만일 한반도가 또다시 전쟁터가 된다면 패자만 있는 전쟁이 될 확률이 크다. 승자가 부여잡을 것은 폐해가 아니라 잿더미일 것이므로.

국방에 대한 각론은 다르더라도 전쟁이 절대 일어나서는 안 된다는 총론에는 동의해야 한다.

한 번이면 족했지 이 땅에서 또 다시 전쟁 참사가 일어나 피카소의 후예들에게 '게르니카II'와 '한국에서의 전쟁II' 시리즈 소재를 제공해서는 안 된다.

최근 한반도 위기설과 전쟁설이 흉흉하게 떠돌기에 해보는 생각이다.

퍼
주
다

"살림살이에 규모가 없는 김서방댁은 이리저리 마을에 인심을 썼고 친정 온 딸에게 긴요하지도 않은 깨를 덥석 퍼주고 보니 정작 자기한테는 양념꺼리 한 톨이 남아 있지 않게 되었다."

박경리의 〈토지〉 김서방댁 못지 않은 김서방이 제천에 산다. 그는 전문 엔지니어로 직장이 따로 있지만 부업으로 농사를 짓는다. 농사가 취미라서 아파트 근처에 아예 큰 밭 하나를 사서 밤낮 뭔가를 심고 가꾸고 거둬들인다. 그러다보니 그을린 얼굴만 보면 영락없는 농사꾼이다. 아니 실제로도 농사꾼이다. 못하는 농사 일이 없다. 직장에 다니는 짬짜미 농사일에 매진하는 관계로 그의 밭엔 일 년 열두 달 뭔가 먹거리가 싹트고 자라고 열매를 맺는다. 그런데 이렇게 땀 흘려 가꿔놓은 농작물을 시장에 내다 파는 일이 없다. 그저 오가는 지인들에게 마구 퍼줄 뿐.

　나도 가끔 제천까지 소환당한다. 소환의 이유는 대략 이렇다. '블루베리가 익었으니 얼렁얼렁 따가슈~.' 하지만 그것은 불러들일 명분일 뿐 도착하면 벌써 한가득 따놓은 블루베리가 바리바리 담겨져 있다. 매번 이런 식이다. 그렇다고 특별히 나만 편애하는 것도 아니다. 수확할 때가 되면 그때그때 누구에게나 아낌없이 퍼준다. 세상 재미 중에 재미는 퍼주는 재미라는 듯.

　'무공해 농산물을 얻어다 먹는 재미가 쏠쏠하다'는 나의 찬사에 그는 손사래 친다. 모르는 소리라며 퍼주기 개똥철학 강의가 시작된다. '농사를 지을 여유와 체력이 있어 좋고, 햇볕과 토양과 바람이 도와줘서 나눠먹을 농산물 있어서 좋고, 그걸 먹고 행복해할 지인들이 있어 즐겁다'는 것이다. 노상 퍼줄 게 없는 것이 오히려 슬픈 일이란다.

　이런 퍼주기 '김서방'으로부터 얻어먹는 주요 품목을 보면,

오이, 옥수수, 애호박, 풋고추, 감자, 양파, 가지, 토마토, 상추, 블루베리, 사과, 복숭아 심지어 오미자 술까지 참 다양하기도 하다.

오늘도 가을무로 담근 깍두기와 알맞게 익은 파김치까지 차에 실어주는 김서방 내외를 만나고 돌아왔다. 나눠줄 게 없는 나는 천안 명물 호도과자 몇 상자로 퉁치고 여기에 너스레 한 바가지를 덤으로 얹어준다.

'동남아 어느 불교국가에서는 거지들이 선의를 베푸는 사람들에게 이렇게 큰소리 친다더군! 천국은 선의를 베푼 당신들이 가는 곳이니 누가 좋은 일이냐고~'.

감성을 입은 학교시설

유럽을 여행하다가 돌아오는 비행기에서 우리나라의 건축물들을 내려다보면 비슷한 사각형 콘크리트 건물 일색이다. 높고 낮음, 크고 작음의 차이를 빼면 당최 내세울만한 개성이 없다. 미학적 관점을 중시하며 오랜 세월 공을 들여 짓기에는 우리사회가 여유가 없었다는 반증이기도 하다. 사실 일제강점기가 끝나자 곧바로 6·25전쟁을 겪어야 했으니 뭔 얼어 죽을 미학 타령이 있을 수 있었겠나 싶다. 그저 빨리빨리 집을 지어 비바람이나 피하는 것만으로도 감지덕지한 세월을 건너왔으니….

"건축은 공간예술인 동시에 생활공간이다."

"건축과 공간은 사람의 의식, 무의식, 행동에 직간접적 영향을 주고 이를 규정한다. 따라서 권력과 자본, 종교는 그 속에 자신의 비의(秘義)를 새겨 넣는다. 동시에 저항자들은 기존의 건축과 공간 안으로 뛰어들어 새로운 의미를 만든다."

　　　　　　　　　　　　— 이세영, 〈건축 멜랑콜리아〉 중에서.

우리나라도 학교시설만큼은 진작에 이런 관점에서 접근해야 옳았다. 최소한 올림픽을 개최한 이후 시기부터라도.

아쉽지만 좋은 일에 늦은 시기란 없다.

그리고 과거 우리사회를 선도해온 것이 교육이었던 것처럼 건축에 감성을 입히는 일만큼은 학교가 주도권을 선도해야 한다고 생각한다.

'건축은 공간예술이다'라는 개념을 학교가 먼저 보여줘야 할 이유가 분명하기 때문이다. 생애에서 가장 민감한 시기를 건너는 학생들의 정서적 안정감이란 명분과 함께.

"공간예술로서 건축이 문학에 잇닿아 있다면, 생활공간으로서 건축은 역사와 사회를 품고 있다." 건축에는 문학적 상상력, 역사의 증언 시대정신과 민족의 얼이 담겨있다.

더구나 우리나라의 학교 건축물이나 시설 등은 일본의 '그
것'을 오랜 세월 반성과 성찰도 없이 그대로 수용하고 답습해
왔으니 말이다.

　이에 충남도교육청은 개성이 없고 밋밋하고 딱딱한 학교
시설에 '감성'의 옷을 입히기로 했다. 그리고 내친김에 일제
강점기 권위적 학교문화의 상징이었던 조례대도 더 이상 설
치하지 않기로 했다. 교문을 설치하는 것도 지양하고. 이러
한 결정의 배경에는 민간전문가, 교육공동체, 학생 등의 의
견이 반영되었음도 밝힌다.

　학교시설에 감성을 입히는 것은 학생 친화적 환경조성 사
업과 맞물려 있다. 그리고 학생들의 생활공간에 보다 안전하
고 편리한 옷을 입히는 일이기도 하다.

불가능한 꿈을 가지자

"우리 모두 리얼리스트가 되자. 그러나 가슴 속에는 불가능한 꿈을 가지자."

낡은 베레모와 파이프 담배와 저토록 멋진 말을 남기고 떠난 '영원한 혁명가' 에르네스토 체 게바라. 그가 타계한지 50주기를 맞았다. 쿠바와 볼리비아 등 남미는 물론이고 전 세계에 산재한 그의 팬들의 추모 열기가 뜨겁다. 우리나라 언론에서도 그를 다루고 있는 것을 보면.

세계의 어떤 명사가 이렇게 많은 지구촌 시민의 가슴에 남아 있을까. 장폴 샤르트르가 말했듯 그는 '이 시대에 가장 완전한 인간'이었지 않을까.

현실은 불가능한 꿈을 꾸는 사람들을 허공을 좇는 이상주의자들로 폄하한다.

그런데도 가끔 저런 무모하기 짝이 없는 인간들이라고 여겼던 희귀한 꿈쟁들이 우리 사는 세상을 따뜻한 곳으로 이끈다. 그러면서 정작 자신들은 가장 춥고 냉혹한 시련을 견뎌낸다. 그들의 꿈속엔 그들이 없었던 것이다.

게바라가 말하는 리얼리스트(현실주의자)란 "객관적 사실이나 현실을 있는 그대로 직시하고 인정하려는 태도를 가진 사람"이 아니라 현실을 인정하고 수용하되 그것을 맹목적으로 좇지 않는 사람이다. 거기에 덧붙여 가슴 속에는 불가능한 꿈의 씨앗을 키우는 사람이다. 그들의 꿈은 실낙원을 되찾는 거대한 유토피아 복원 프로젝트였다. 그런 점에서 나는 그들을 낭만주의자라고 부르고 싶다.

이러한 이상사회를 꿈꾸는 허황된(?) 사람이 조선에도 있었다.

조선의 대단한 문장가요 혁명가였던 허균은 아주 고약하

고 불순한 '혁명 사상'을 〈홍길동전〉에 숨겨 두었다가 발각되었다. 허균과 체 게바라가 살았던 시공간은 달랐지만 그들의 불가능한 꿈은 서로 닮았다. 순수한 꿈이었기 때문이다.

이들의 꿈은 가능한 꿈만 —그것도 자신들의 안위와 영달을 위한— 꾸는 집단으로부터 뭇매를 맞고 비극으로 끝났다.

그런데 이 비극에 동참한 바보 청년이 한국에 또 있었다.

'노동운동의 영원한 불꽃'이 된 청년 전태일, 그는 내가 아닌 내 동료들의 피눈물을 닦아주겠다는 턱도 없는 꿈을 키웠다.

"나는 바보입니다. 12살, 13살 난 어린 시다들이 먼지 먹고 폐병 들어 일전 한 푼 못 받고 공장에서 쫓겨나갈 때, 나는 가만히 있었습니다. 근로기준법을 보면, 우리도 당당히 인간적인 대접을 받고 살아야 한다고 쓰여 있습니다. 우리 재단사들은 모두 다 바보입니다. 우린 그것을 알아야 합니다. 그래야만 우리도 언젠가 인간적인 대우를 받을 수 있을 겁니다."

익히 아는 바와 같이 전태일의 불가능한 꿈은 분신을 통해 노동자들의 희망으로 부활했다.

불가능한 꿈은 레이 브레드버리의 단편소설 〈신을 찾는 짧은 여행〉에도 드러나 있다.

벨로위 부인의 꿈은 우주선을 타고 신을 만나러 가려던 것이었으나 그녀의 부푼 꿈은 좌절되고 말았다. 알고 보니 신을 찾는 여행 기획자였던 터켈이, 고철 덩어리 우주선을 만들어 놓고 흰소리를 쳤던 것이다. 그러면서 그는 적반하장 격으로 화를 낸다. '우주에 신이 있다고 믿는 당신들이 어리석다.' 그때 벨로위 부인은 터켈에게 '꿈'이 어떤 의미인지를 말해준다.

"당신이 우리에게 약속한 것들은 아주 훌륭하고 매력적인 것들이었어요. 세상에서 가장 사랑스러운 생각 중 하나였어요. 우리가 신에게 실제로 가까이 갈 수 있을 것이라고 생각하면서 우리는 스스로를 속인 것이 아니에요. 그것은…마치…사람들의 말도 안 되는 꿈이었어요. 아주 오래된 꿈 말이에요. 진실이 아니라는 것을 알지만 하루에도 몇 번씩은 생각하고 기대려고 애쓰는 그런 종류의 꿈이었다고요."

고철 덩어리 우주선으로 신을 만나러 가려던 허황된 꿈조차도 이렇게 쓸모가 있었던 것이다. 어쩌면 불가능한 꿈일수록 아름다울 수 있겠다. 이루지 못할 사랑이 더 절절하지 않던가.

체 게바라, 허균, 전태일의 꿈은 그 시대 배경을 생각하면 충분히 아름답고 분명 매력적인 것이었다. 현실적인 꿈만 꾸는 세력들에겐 그들의 꿈이 무모하고 위험했을 것이지만. 아직도 많은 이들의 가슴에서 이들이 불꽃처럼 살아있는 것은 타인을 위해 꿈을 꾸고 타인을 위한 일에 신념을 걸고 싸웠기 때문이다. 이런 경우에만 '누구든 신념을 위해 싸운 자는 죄가 없다'는 말이 용인되는 것이다.

하지만 역설적으로 그들은 불가능한 꿈을 꾸지 않아도 되는 세상을 그려왔을 것이다.

"삶을 지탱하고 있는 것은 산비탈이지 산꼭대기가 아니다."
(It's the sides of the mountain which sustain life, not the top.)
— 〈선(禪)과 모터사이클 관리술〉 중에서.

"눈 감은 건
'외면'이고
외면마저 감은 건
'회피'다…
눈떠 바라보면 '현실직시'고 부릅뜨면 '현실참여'다.
— 김영훈의 〈생각줄기〉 중에서.

안개 기행

늦가을엔 유난히 안개가 많다.

아침 출근길 겹겹의 안개가 곡교천을 휘감는 날이 잦아졌다. 이런 날은 차량들이 불빛을 켜고 조심조심 안개를 헤쳐 나아간다. 처음 운전대를 잡은 사람처럼.

바쁜 사람들은 발을 동동거리겠지만 나는 어슴푸레한 안개 속에 갇혀서 잠시나마 포로가 되는 만추의 아침이 황홀하다. 이 어슴푸레한 환타지가.

"무진에 명산물이 없는 게 아니다. 나는 그것이 무엇인지 알고 있다. 그것은 안개다.

아침에 잠자리에서 일어나서 밖으로 나오면, 밤사이에 진주해 온 적군들처럼 안개가 무진을 뻥 둘러싸고 있는 것이었다. 무진을 둘러싸고 있던 산들도 안개에 의하여 보이지 않는 먼 곳으로 유배당해 버리고 없었다. 안개는 마치 이승에 한(恨)이 있어서 매일 밤 찾아오는 여귀(女鬼)가 뿜어내놓은 입김과 같았다. 해가 떠오르고, 바람이 바다 쪽에서 방향을 바꾸어 불어오기 전에는 사람들의 힘으로써는 그것을 헤쳐 버릴 수가 없었다. 손으로 잡을 수 없으면서도 그것은 뚜렷이 존재했고 사람들을 둘러쌌고 먼 곳에 있는 것으로부터 사람들을 떼어놓았다. 안개, 무진의 안개, 무진의 아침에 사람들이 만나는 안개, 사람들로 하여금 해를, 바람을 간절히 부르게 하는 무진의 안개, 그것이 무진의 명산물이 아닐 수 있을까!"

김승옥처럼 안개를 이토록 아름답게 묘사한 작품은 아직 보지 못했다. 단편소설 〈무진기행〉의 안개에 반해 순천만을 찾아가 노을이 갈대밭을 발갛게 물들일 때까지 근처 야트막한 산마루에 올라가 넋을 잃고 바라보는 순정파들 중에 나도 끼어있던 시절이 있었다. 요즘은 엄두도 못낸다. 아, 옛날이여~~.

안개는 현대인의 삶을 관통하는 '불안'을 닮았다.

불안은 예측이 불가할 때 일어나는 심리적 현상이다. 불안은 어둠과 닮았다. 손에 쥔 것과 눈에 보이는 것만 믿으려는 현대인들에게 저 어슴푸레한 장막 뒤의 세계는 공포다. 장막이 사라지고 나서야 도깨비가 아니라 나무나 풀이었음을 확인하고는 비로소 안도의 숨을 내쉬는 유약한 존재가 사람이다.

무진은 말 그대로 안개 나루다. 지상에 존재하지 않는 가상의 공간이지만 그래서 지상에 수없이 많이 존재할 수도 있는 곳이다. 자욱한 안개가 있는 세상이 무진이기 때문이다. 아니 지식인들이 안개 속에서 접촉사고를 내고 서로 삿대질하는 곳일지도 모르겠다. 누가 이 자욱한 안개의 도시 무진에서 제대로 길을 안단 말인가.

"무진은 사람들의 일상성의 배후, 안개에 휩싸인 채 도사리고 있는 음험한 상상의 공간이며, 일상에 빠져듦으로써 상처를 잊으려는 사람들에게 '상처를 강요하는 이 삶이란 도대체 무엇인가'를 끊임없이 묻고 있는 괴로운 도시이다."

주로 실존의 문제를 제기했던 알베르 카뮈가 말했듯 회색에 회색을 덧칠하는 부조리한 지식인들이 안개 속에서 길을 잃고 방황하고 있는 모습을 우리는 현실에서 수없이 목도한다.

그런 사람들일수록 만추의 아침, 꼼짝없이 안개의 포로가 되어 조심조심 나아가는 경험을 자주 가져야 한다.

어차피 삶이란 이상과 현실 사이에서 갈등의 안개를 헤쳐나가는 여정이다.

참외와 콘사이스 영한사전

　초등학교를 졸업하자마자 그는 책가방 대신에 지게를 져야 했다. 지게의 높이와 그의 키가 비슷하던 때였다. 아버지를 따라 금산 장터에 참외를 팔러 다녔다.

　참외 팔러 나갔다가 간간히 지게를 받쳐놓고 길가에 앉아 땀을 식힐 때면 중학교에 진학한 친구들이 그의 곁을 지나쳤다. 아니 친구들의 새 교복과 멋진 챙모자와 새 자전거가 지나갔다.

　그는 친구들이 한없이 부러웠다. 친구들처럼 교복을 입고 콘사이스 영어사전을 끼고 다니며 '에이비시디이프지' 꼬부

랑 글씨를 배우고 싶었다.

여름날, 여느 때처럼 참외 팔러 금산 장에 지게를 지고 끙
끙 걸어가는데 울컥 이런 생각이 들더라는 것이었다. '평생
이 무거운 지게에 참외나 팔러 다니다 말겠구나.'

그는 불현 듯 참외 지게를 내팽개치고 참외를 판 돈 몇 푼
움켜지고 가출 아닌 가출을 했다. 무작정 한양으로.

그의 한양살이는 하루하루 견디고 버티는 싸움이었다. 신
문팔이, 구두닦이 등 뭐든 닥치는 대로 했다. 우선 먹고는 살
아야 했으니까. 그 와중에도 그는 영어사전을 한 권 사서 구
두를 닦으며 외우고 또 외웠다. 그리고 중학교 과정부터 독
학으로 주경야독했다. 그가 콘사이스 영어사전을 독하게 씹
으며 통째로 외는 것을 본 구둣집 사장은 그를 가상히 여겨
이런저런 도움을 주었다고 한다. 몇 년간 독하게 공부한 그
는 중,고등학교 졸업 자격증을 따냈고 내친김에 사범대학 영
어교육과에 당당히 입성하였다.

그리고 마침내 구두를 닦으며 콘사이스 영어사전을 통째
로 외웠던 왕년의 참외 팔던 소년은 고등학교 영어선생님이
되었다.

명퇴를 하고 천주교회에 다니면서 봉사활동에 전념하던
그가, 최근 수필집 한 권을 냈다고 한다. 아직 읽지 않았지만

수필 속 그의 근황을 들여다보고 싶다. 담백하고 진솔해서 아름다운 그의 삶을…

중학교를 다니고 싶어 남몰래 눈물을 훔치던 소년이 살던 1960년 대에는 개천에서 이런 진정한 용들이 나왔었다. 요즈음의 실개천에선 미꾸라지들이 어떤 용꿈을 꾸는지 궁금하다.

(참외 지게를 졌던 소년의 이름은 전*윤이다.)

눈물 한 방울

1

검은 뿔테 속에 눈빛이 날카롭게 빛나는 남자가 있었다.

농민회 등 시민사회 단체와 연대하는 투쟁의 대오, 맨 앞줄에서 언제나 힘차게 구호를 외치는 남정네가 있었다. 마이크를 잡으면 거친 언사로 위험 수위를 넘나드는 발언을 해대던 그 강철 같이 단단한 남자가.

식민지 시절 일제에 부역한 신문을 죽도록 미워하며 그 신문 구독을 끊는 절독운동을 열심히 했었다.

식당에 들어서다가도 그 꼴 보기 싫은 신문이 놓여있으면 다른 식당으로 가고, 직장에서도 그 신문이 굴러다니면 보는 족족 쓰레기통에 처박았다는 일화가 있는 그는 소위 강성 중에 강성이었다.

퇴직한 지금도 그는 치열하게 살고 있다.

그런데 이 무쇠보다 단단한 남자가 어느 날 딸 결혼식에 나를 초대했다. 그래서 지인들 몇 명과 그의 결혼식에 가는 중이었는데 차 안에서 나는 놀라운 얘기를 들었다. 오늘의 주인공인 그의 딸이 사실은 입양하여 키운 딸이라는 것이었다. 그 딸을 애지중지 키워 대학교육까지 시켰고, 딸은 이런 아빠의 사랑을 받으면서 반듯하게 자라 오늘 좋은 배필을 맞아 시집가게 됐다는 스토리를.

아, 맞다! 그는 평소에 그렇게 딸 자랑을 하던 딸 바보였었다. 그 강성에 어울리지 않게.

그날 예식장에서 나는 그가 다시 보였다. 물론 그 힘든 뒷바라지를 기쁘게 감당한 사모님은 더욱 크게 보였다.

마침내 결혼식이 끝나고 나는 보았다. 이 투쟁쟁이 강성 아빠의 눈에 그렁그렁한 눈물을, 애지중지 키운 딸을 시집보내며 흘리는 아빠의 눈물을….

그의 눈물은 내가 살면서 보았던 가장 멋진 상남자의 눈물이었다. 아름다운 보석 같은 눈물이었다.

2

국정농단과 관련하여 어느 대학교 총장을 하던 여성이 노상 언론에 비쳐졌다.

카메라 앞에서는 억울하다며 눈물도 몇 방울 짜내면서….

그녀가 교육자의 양심과 걸 수 있는 건 몽땅 걸고 맹세를 할 때, 나는 그녀가 억울할 수도 있겠다 싶었다. 그래도 우리 사회 최고의 지성이지 않은가.

촌음의 시간이 경과했고 곧 국정농단의 전모가 만천하에 밝혀지면서 그녀의 눈물은 악어의 눈물이었음이 밝혀졌다.

마지막 양심의 보루라 할 학자마저 돈 앞에 시녀처럼 엎드려 있었다니….

지상의 법은 지상의 법대로 그녀의 죄를 묻겠지만 그녀는 천상에서는 더 큰 죄 값을 치러야 할 것 같다. 영혼이 맑은 사람들의 눈물샘마저 마르게 한 죄를 얹어서.

궁금해진다. 그녀가 사망의 골짜기를 헤매면서도 악어의 눈물로 신 앞에 선처를 호소할지 어쩔지.

와이파이를 꺼라

도올 선생의 강연은 늘 에너지가 넘친다.

그리고 독특한 아우라가 있다.

그를 명강사로 띄워준 일등 공신은 고음에서 갈라지는 그의 쉰 목소리다. 누가 뭐래도 천상의 목소리다. 아니라고? 천상의 목소리가 아니면 유머를 따로 장만하지 않았는데도 가끔씩 좌중에 웃음이 터지는 걸 무엇으로 설명한단 말인가.

솔직히 그의 가래 끓는 듯한 쉰 목소리는 관악기의 삑사리*처럼 듣기 싫은 소리다. 그런데도 그런 목소리를 천혜의 혜택

---

* 삑사리: (명사) 노래를 부를 때 흔히 고음에서 음정이 어긋나거나 잡소리가 섞이는 경우를 통속적으로 이르는 말.

을 받은 목소리처럼 만든 것은 도올 선생의 노력 탓이다.

자신의 불리한 신체적 특성을 오히려 자신의 대표 브랜드로 써 먹는 것에서 우리는 뭔가 번쩍하는 깨달음을 얻어야 하리라. 특히나 부모로부터 천혜의 혜택을 물려받지 못했노라 불평하는 사람들은.

오늘 도올 선생은 아재 개그로 입을 푼다. '나는 BMW를 타고 출퇴근 한다.' BMW란 버스-지하철-도보를 말한다. ㅎㅎ

그리고 화광동진(和光同塵)을 개발새발 판서하면서 예의 카랑카랑한 쉰 목소리로 몸을 푼다.

- 내 인생을 절전 모드로 전환해라, 방전하지 말고.
- 과도하게 나를 발광하는 것을 꺼라. 세상 사람이 나를 기억하지 않는다.
- 와이파이를 꺼라. 우물쭈물하다가 결국 이렇게 될 줄 알았다고 버나드쇼처럼 묘비명을 쓰지 않으려면.
- 관계의 절전 모드로 돌아가라.

지인이 백 명이면 뭐하느냐. 술이나 먹고 밥먹을 때나 좋은 친구는 주식형제다.** 진정한 친구는 극한 슬픔을 같이

** 명심보감에 나오는 내용.
주식형제 천개유(酒食兄弟千個有) / 급난지붕 일개무(急難之朋一個無)
술 먹고 밥 먹을 때 형, 동생 하는 친구는 천 명이나 있지만 위급하고 어려울 때 기꺼이 돕는 친구는 한 명도 없다.

할 수 있는 급난지붕이다.

- 살림의 절전 모드를 작동하라. 안 쓰는 물건은 과감히 버려라, 쾌적해진다.
- 손지우손, 버리고 또 버려라. 관계와 살림을 절전 모드로 가져가면 창조적 삶을 살아간다.
- 약사발 하나 가지고도 모든 음식을 담는다.(법정)
  단, 4시간이라도 절전 모드하여 진정한 내 마음을 찾아라.
- 집 나간 내 마음을 찾아 마음을 성형수술 하라.

하나하나가 다 나를 두고 강의 하는 것 같아서 계면쩍다. 우리는 사실 마음이 집을 나간 것조차 깨닫지 못하고 바쁜 일상에 묻혀 살아간다. 더 안락한 집을 놔두고 또 다른 안락을 기웃거리며 길 위에서 방황하는 꼴이랄까. 자주 인문학 강의를 들어야 하는 이유는 한두 가지가 아니다.

장미셸 바스키야

친구는 열변을 토한다. 오늘의 특별 안주는 예술이 올라왔다. 나는 상추쌈에 삼겹살과 파채와 마늘을 얹어 맛있게 씹는다. 가끔씩 친구의 열변에 토를 달고 초를 치기도 하면서.

그는 엘리트 체육의 문제점과 엘리트 예술계의 문제점을 동일선상에 놓고 해부를 시작한다. 그들만의 리그가 제도권 밖 예술을 완전 무시한대나 뭐래나 하면서.

"프랑스는 몽마르트 거리 화가도 보호해. 그게 차이를 가져오는 거야. 바스키야 같은 화가가 나올 토양이 아니지. 뭐 어쩌다 서태지 같은 비제도권 스타가 기적적으로 자생할 수도 있겠지만…".

이런 하나마나한 얘기를 주고받던 말미에 한 생소한 화가 이름이 튀어나왔는데….

이튿날 술이 깨어 간밤에 친구가 침 튀기며 설명했던 그를 더듬더듬, 바스켓인지 바케스인지…한참을 조합하다가 찾아낸 바스키야!

검색 창에서 그를 조회해보니 어라, 이렇게나 많은 사람들이 생전 들어본 일도 없는 화가의 그림을 감상하고 있었다니!

그림을 화폭에만 한정시키지 않은 거리의 미술가 바스키야.

과거의 전통성을 거부하고 혁신적인 표현 방식을 모색한 화가….

그의 그림은 일단 강렬하다. 그리고 신선하다. 장난끼가 가득한 낙서인데 좀 세련된 낙서랄까. 화폭이 비좁다는 듯 여백 없이 늘어놓은 잡동사니들. 그의 자유로운 영혼의 방을 들여다보는 것 같다. 아니 홀아비 자취방일지도 모르겠다. 중구난방 산만한데 안정감이 있는 것은 뭐지. 그리고 그림 전체에서 흘러나오는 이 유머와 익살은 또 뭐지. 조롱인 듯 야유인 듯 저항인 듯 익살에서 설핏 떨어지는 고독의 부스러기들….

아, 이 사람은 검은 피카소라 불렸다 했지.

음악을 좋아했다는 천재는 스물여덟 해를 살고 영원 속으로 사라졌다.

'산은 산이요 물은 물이로다'라는 성철 스님의 말씀을 들었을 때처럼 잘 몰라도 선입견 없이 있는 그대로 들여다보게 되는 사람. 내게 바스키야는 그런 사람이었다.

3 — 시간은 흐르고 소녀는 늙어간다

늙음은 누구도 피할 수 없는 길이다.
신이 인간에게 내린
가장 공평한 영역 중에 하나이기도 하다.

아내, 옆사람

사진첩에서 아내 얼굴을 본다.
오래된 사진일수록 더 풋풋한 아내가 그 속에 있다.
시간을 역주행하며 마주하는 아내와 나
나름 유행이었던 옷과 포즈로 촌스럽게 웃고 있다.

화사한 꽃그늘 아래서
흑백영화를 찍은 간지러운 사진들도 몇 장 보인다
'아, 우리에게도 이런 봄날이 있었지'
꽃 속에 있었을 땐 몰랐던 꽃 같은 시간들이
가장 아름다웠던 시절에는 정작

'화양연화'*를 찍을 수 없었던 슬픔들이
가난하지만 따뜻하게 웅숭그려 있다.

봄날의 아내와 난 사진 속에 저리 환한데
이제 귀밑머리 성성하다
누구에게나 늙는다는 것은 슬픈 일이지만
'한 사람만이
변해가는 그대 얼굴의 슬픔을 사랑하였네'.**
서로의 늙음마저 사랑해줄 옆 사람이 있어
새로운 아침을 즐겁게 맞는다.

사진 속에서 바래가는 역사가
그 역사 속 희로애락이 좋아
나는 틈틈이 셔터를 누른다.

한 번도 가본 일 없는 오늘
지금 여기 이 순간
내 인생의 가장 아름다운 한 때를
카메라에 클로즈업 시킨다.

---

* 영화 〈화양연화(花樣年華)〉 중에서. 화양연화는 인생에서 가장 아름답고 행
  복한 시간이라는 뜻.
** '그대 늙었을 때', 윌리엄 B. 예이츠의 시에서.

매 순간이 영원과 맞닿아 있음을 느끼면서

서로가 서로에게 최고의 선물이었던 시절
오글거리는 명대사도 몇 개 유물처럼 누워있다.
"난 네가 기뻐하는 일이라면 뭐든지 할 수 있어."
이런 하얀 거짓말을 발굴하며
가까워서 잊어버리는 옆 사람에게 새삼 미안하다.

"늘 곁에 있어 더 특별할 것 없는 사람
각별히 신경쓰지 않아도 되는 사람
한번 쯤 서운하게 해도 용서되는 사람
바쁘다 보면 잠깐 잊을 수도 있는 사람
편해서 가끔은 무례하게 대하게 되는 사람
너무 가까이 있어 보이지 않는 사람
그러나 물에 빠져 허우적거릴 때
가장 먼저 손을 내밀어 줄 사람
그래서 목숨 같은 사람
옆 사람
앞 사람의 뒤통수만 바라보며 달리지 말자.
지금, 옆 사람을 보라."

　　　　　　　─ 여훈, 〈최고의 선물〉 중에서.

  한가위를 맞아 고향을 찾는 귀성 차량들의 행렬이 무당벌레들처럼 귀엽다.

  첨단과학의 시대에도 명절은 여전히 건재하다.

  외신은 한 나라 인구의 7할 이상이 고향을 찾아 떠나는 민족 대이동의 이모저모를 경이로운 시선으로 타전한다. 사실 나도 경이롭다.

  야간에 고향을 찾아가는 차량들의 꼬리에 꼬리를 문 불빛들이 출렁인다.

  평범한 주말 밀려있는 차량 행렬들의 불빛은 짜증으로 읽

히는데 귀성 차량의 불빛은 어쩐지 포근하다. 꽃다발 같고
꽃송어리 같다. 귀향꽃이라 부르고 싶을 만큼.

귀향은 내 탯줄이 묻힌 곳을 찾아 떠나는 순례다. 내 삶의
연원을 찾아 떠나는 여행이자 꽁초처럼 쌓인 외로움을 비우
러 가는 연례행사다.

누구에게나 고향은 영혼의 안식처다. 그래서 사람들은 싫
던 좋던 고향을 찾는다. 찾아와서 잊었던 나를 재발견 하는
것이리라. 큰 결심을 앞두고 있거나 혹은 절망적인 고독과
맞선 사람들이 최종적으로 찾는 곳은 선산이요 고향이다.
새는 남쪽 가지 끝에 둥지를 틀고, 여우는 죽을 때 고향 쪽
으로 머리를 둔다고 하지 않던가. 저런 동물마저도 객지를
떠돌다 지친 육신과 영혼의 안식처는 고향인 것이다.

고향을 그리워하는 마음은 예나 지금이 다르지 않다.
신사임당의 시를 읽어보자.

늙으신 어머님을 고향에 두고
외로이 서울길로 가는 이 마음
돌아보니 북촌은 아득도 한데

흰 구름만 저문 산을 날아 내리네.
산 첩첩 내 고향 천리언마는
자나 깨나 꿈속에도 돌아가고파.
한송정가에는 외로이 뜬 달
경포대 앞에는 한 줄기 바람
갈매기 모래톱에 헤락모이락
고깃배들 바다 위로 오고가려니
언젠가 강릉길 다시 밟아 가
색동옷 입고 앉아 바느질할꼬.

사임당이 대관령을 넘다가 친정집을 바라보며 지은 시라
는데 고향을 이처럼 진하고도 절절하게 표현한 시가 있을까
싶다.

정지용의 향수에도 고향은 절절하다.

하늘에는 성근 별
알 수도 없는 모래성으로 발은 옮기고
서리 까마귀 우지짖고 지나가는 초라한 지붕
흐릿한 불빛에 돌아 앉아 도란도란거리는 곳
그 곳이 차마 꿈엔들 잊힐리야.

당나라 때의 두보 같은 시성도 기러기는 고향을 자유롭게 오가는데 그렇지 못한 자신의 처지를 귀안(歸雁)이란 시에서 절절하게 노래하고 있다. 그의 시를 읽고 있노라면 추석이 되어도 가지 못하는 실향민의 아픔이 헤아려진다.

이렇게 좋은 한가위에도 어디에선가 누군가는 아프다.

귀안(歸雁)

봄은 왔건만 만 리 고향 떠나온 나그네는(春來萬里客)

언제나 전란이 그쳐 고향에 돌아갈꺼나(亂定幾年歸)

애끓는 강성의 기러기는(腸斷江城雁)

높이 날아 북으로 고향 찾아 돌아가는구나.(高高正北飛)

헛발질의 묘미

인생의 묘미는 헛발질에 있다

한 번도 헛발질 하지 않고 사는 사람이 있을까.

'헛~'은 '이유 없는' 혹은 '보람 없는'의 뜻을 더하는 접두사다. 같은 접두사 헛~이 들어간 '헛손질' '헛수고'에서의 '헛'은 말짱 도루묵의 의미로 쓰여 허탈, 좌절의 뜻이 강하지만 '헛발질'은 그에 비해 뜻이 약하고 귀여운 데가 있다. 어부의 헛손질과 어린 아이의 헛발질의 이미지를 상상해보면 얼추 그림이 그려진다.

아주 오랜만에 지인들과 어울려 족구 경기를 해보았다.

경기 룰이 가물가물할 만큼 오랜만에 해보는 족구이다 보니 나이 탓에 실력 탓까지 겹쳐 헛발질 투성이다. 왕년의 솜씨를 보여주려고 폼을 잡고 멋을 부리려고 할수록 더욱 헛발질이다. 마음은 공을 휘감아 차는데 다리는 땅바닥에서 겨우 두어 뼘 솟구치다 꼬라박는 형국이다. 모든 걸 세월 탓에 돌리지만 한편으론 원인이 다른 데 있다. 그건 당사자의 몸에 잔뜩 힘이 들어간 까닭에 있지만 당사자는 죽어도 그걸 모른다. 바둑으로 치자면 당국자(바둑을 두는 당사자)이기 때문이다.

그런데 헛발질이 꼭 부정적인 의미만 있는 것은 아니다.

그날 경기를 지켜보던 응원꾼들은 나보다 한 수 아래인 (절대 인정할 리가 없지만) 모 씨의 우수꽝스러운 발동작 뒤의 헛발질 때문에 배꼽을 잡고 웃음을 터트리곤 했다. 막걸리를 걸고 나름 팽팽하게 이어지는 경기에서 이런 헛발질 애교가 빠진다면 과도한 승부욕과 긴장감으로 별로 웃을 일이 없었을 텐데 말이다. 암튼 그날 경기의 일등공신은 시종일관 폭소를 던져준 나와 모 씨의 헛발질 시리즈에 있었다.

애교 있는 헛발질은 너무나도 촘촘하고 팍팍하게 돌아가는 요즘 사회 분위기에서 쉼과 여유를 주는 숨구멍 역할을 할 수 있다. 매사에 깐깐하고 빈틈없는 김 과장님도 주 업무가 아닌 다른 영역에선 얼마든지 헛발질 할 수 있다는 건 그와 함께 하는 모든 사람들의 안도감이자 작은 미소가 된다.

같은 논리로 한 미모 하는 미스 김과 한 우아하시는 박 여사의 귀여운 헛발질은 별로 웃어볼 게 없는 사무실의 분위기를 일시에 웃음 모드로 바꿔 줄 수 있다.

이렇듯이 개인의 헛발질은 그의 인간적인 냄새와 함께 그걸 보는 사람들에게 재미와 안도감을 안겨준다. 저 완벽한 듯한 사람도 가끔은 헛발질을 하는구나…

톨스토이의 말처럼 '인생의 묘미는 헛발질에 있는' 것이다.

그런데 이런 개인의 애교 있는 헛발질은 웃어넘기면 그만이나 이게 공신력 있는 기관이나 국가나 정치가들의 헛발질이라면 얘기가 달라진다. 이들의 헛발질은 그 후유증이 엄청나기 때문이다. 대형 정책의 헛발질은 대형사고 그 이상의 피해를 가져온다. 그리고 그 피해는 고스란히 국민에게 돌아온다.

최근 국가 지도급 인사들의 삽질은 가뜩이나 어려운 한반도를 둘러싼 정세와 국민들의 호주머니 사정과 맞물려 사회 분위기가 맥없이 가라앉고 있다. 답답하다.

이런 때 국민 모두가 웃을 수 있는 애교있는 헛발질이 어디에선가 불쑥 나타났으면 좋겠다.

샛길이 아름답다

1

고속도로의 빼곡한 차량 행렬 틈에 끼여 기약 없이 가다 서다를 반복하려니 다리에서 쥐가 날 판이다. 추석에 차를 가지고 고속도로에 들어선 게 잘못이다.

핸들을 아내에게 잠깐 맡기고 기지개를 펴고 같은 신세가 된 이웃들의 표정을 살핀다. 으레 그러려니 해서인지 그런대로 표정들이 밝다.

차량은 물결처럼 조금씩 출렁거리며 나아간다.

속도가 느리니 고속도로의 길섶 풍경이 확연하다. 숱하게 지나친 길인데 오늘 따라 참으로 낯설다. 하늘도 산도 강도

길섶 경치도 낯설지만 정답다. 구절초가 한들거리는 길섶에 꼬마가 쉬하는 모습마저 정답다. 쪽빛 하늘과 막 단풍이 들기 시작한 산하와 코스모스를 스쳐지나온 가을바람도 청량하니 맛있다. 직선 위에서 느릿느릿 구루마 바퀴처럼 굴러가는 정체가 여유롭다.

길 위 풍경이 수년 전 스크린 한가득 차량만 넘실대던 애니메이션 〈카〉의 한 장면 같다.

'아, 차라리 그 애니메이션의 주인공 라이트닝 맥퀸처럼 주로에서 벗어나서 샛길로 빠져나가 어떤 마을에든 들어서고 싶다. 코스모스가 하늘거리는 길을 따라 갈대숲을 지나 들판을 노랗게 물들이고 있는 가을 속으로 풍덩 파묻히고 싶다.

2

마음이 너무 날이 서 있는 느낌이 들 때, 나는 만화영화를 본다.

어린이들 속에 끼여 그들과 같은 가슴 높이로 영화를 보고 나면 눈이 한결 순해지는 경험을 해서다. 예나 지금이나 어린이 애니메이션엔 순수하고 맑은 서정이 넘친다. 감성과 상상력을 자극하는 데 이만한 것도 별로 없다. 게다가 요즘 어린이 영화는 무리하게 권선징악을 강권하지도 않는다. 그게 오히려 더 효과가 있다.

세칭 애니메이션의 명가 '픽사'가 자사 20주년 기념작으로 만든 회심의 역작이 〈카〉다.

(우리 귀에 익숙한 〈니모를 찾아서〉 제작진이 만든 영화이기도 하다.)

이 애니메이션은 일단 눈요기 위주로 어린이 고객을 꼬드겨 보겠다는 빤한 돈 냄새가 덜 나서 좋다. (그 속이야 누가 알랴만.) 게다가 탄탄한 스토리와 어른마저 울려버리는 은근한 메시지가 찐빵 속에 팥소처럼 들어있다. 어른들도 충분히 감정이입하여 볼 수 있도록.

카 레이싱계에 샛별같이 떠오르고 싶은 욕망에 들끓는 청춘, 라이트닝 맥퀸은 오로지 피스톤컵 레이스에서 우승하는 것에 인생을 건다. 스타가 되는 순간 거머쥘 부와 명성을 그리면서….

이처럼 속물 근성에 질주 본능으로 가득 찬 라이트닝 맥퀸은 희망에 부풀어 레이스가 펼쳐질 캘리포니아로 위풍당당하게 떠난다.

하지만 인생이 어디 뜻대로만 되는가.

예기치 않은 사고로 그는 지도에 조차 표시되지 않는 66번 국도변의 한적한 시골 마을로 들어선다. 그는 '레디에이터 스프링스'란 이 작은 마을에서 자신의 삶에 전환점을 맞이한다.

마을에 머물며 맥퀸은 다양한 차들을 만나 그들과 교류한다. 미스터리한 과거를 지닌 닥 허드슨과 샐리 그리고 메이터를 만나게 된다. 그들을 통해 인생이란 목적지가 아닌, 여행하는 과정 그 자체라는 것을 깨닫는다. 명성과 스폰서, 트로피 뒤에 가려진 소중한 가치를 깨닫는다. 어우러져 살아가는 삶의 가치랄까 하는 것들을.

"달리기 위해 달리는 길이 아니라 즐기기 위해 달리는 길이요."

샐리가 맥퀸과 함께 66번 국도의 경관을 내려다보며 회상하는 말이다.

도시의 직선 도로에서 질주 본능으로 살았던 샐리는 한적한 곡선 도로를 드라이브 하면서 진정한 행복을 알아간다. 그러면서 예전에 자신이 그랬듯이 샛길의 아름다움을 느끼지 못하고 획획 지나치는 차량들을 안타까워 한다.

애니메이션 〈카〉는 '우승 트로피'와 '화려한 명성'만이 인생의 전부가 아님을 깨닫는 과정을 흥미진진하고 설득력 있게 그려내고 있다. 마치 어른을 위한 동화 〈어린왕자〉처럼.

인생이란 긴 여정, 예기치 않게 들어선 샛길이 외려 우리 삶을 풍성하게 할 수도 있다.

그걸 즐기는 법을 안다면….

돌
직
구

지인 중에 항상 나를 응원하고 격려해주는 몇몇 여성 팬들
이 있다.

이 여성 팬들은 평소에는 내게 곧잘 살갑게 대해주다가도
어느 순간 정색을 하고 가차 없이 말팔매를 던지곤 한다.

내가 과음을 해서 실족할까 봐 혹은 행여 진 데를 디딜세라
그러는 모양이다.

아무튼 그녀들의 돌직구는 왕년의 선동렬 선수의 볼 끝이 살
아있는 직구처럼 묵직하다. 그래서 맞으면 무지근히 아프다.

그런데 똑 같은 사안에 대하여 어떤 여성 지인들은 내개 커
브 볼로 승부를 건다.

커브로 날아오는 곡선의 충고는 깨우침이 천천히 오는데

비해 직구는 거침없이 나를 후려친다. 반격의 기회도 없이…

물론 커브 볼을 맞아도 은근한 통증이 침대 모서리까지 따라와 눕는다.

스페인 건축가 안토니 가우디에 의하면 '직선은 인간에게 속하고 곡선은 신에게 속한다' 하였으니 직구를 던지는 사람이 더 인간적이긴 하다.

돌직구를 날리는 사람들은 가끔 빈볼 시비나 사구를 내줄 수 있는 위험은 아랑곳 하지 않는다. '사구나 빈볼 따위를 걱정하며 이 거친 세상을 어찌 살쏘냐' 하는 투다. 그러면서 아리랑 볼(아주 느려터진 변화구)을 던지며 사는 사람들이 답답해 죽겠다는 표정들이다.

좌고우면 하지 않고 '어디 칠 테면 쳐보시지' 식으로 던지는 그녀들의 돌직구가 나한테 날아오는 날에는 일단 흠씬 두들겨 맞고 서있어야 한다. 오뉴월에 우산도 없이 장대비를 맞고 서 있듯이…

'결국 올 것이 오고야 말았구나!'

자책하며 내 죄를 돌아보면서.

주사 바늘처럼 따끔하지만 따끔한 그녀들의 돌직구 예방주사가 있어 허튼 사람들이 허튼 짓을 못한다.

그리고 무엇보다 나의 실족을 원천봉쇄 한다.

그녀들의 돌직구는 가수 알리의 날 울려주는 '봄비'다.

"잎진 겨울나무 가지 끝을 부는 회오리 바람 소리 아득하고 어머니는 언제나 나무와 함께 있다. 울부짖는 고난의 길 위에 있다 흰 수건으로 머리를 두르고 한 아이를 업은 어머니가 다른 아이 손을 잡고 여덟팔자걸음을 걷고 있는 아득하고 먼 길. 길 끝은 잘 보이지 않았으나 어머니는 언제나 머리 위에 광주리를 이고. 또는 지친 빨래거리를 담은 대야를 이고 바람소리 휘몰아치는 길 위에 있다. 일과 인내가 삶 자체였던 어머니. 짐이 몸의 일부가 되어버린 어머니. 손이 모자라는 어머니는 허리 흔들림으로 균형을 잡으며 걸었다. 아득

하고 끝이 없는 어머니의 길." (이하 생략)

　　　　　　　　　　　 — 허만하, 길(박수근의 그림) 중에서.

　박수근 화백의 삶은 불기 없는 안방의 윗목 같았는데 그의
시선은 어찌 저리도 아랫목 같이 따뜻했을까.

　그의 삶에 그림에 경의를 표한다. 그리고 〈앉아 있는 아낙
과 항아리〉, 〈귀로〉, 〈아기 업은 소녀〉에 등장하는 배고프고
고단한 삶을 살아낸 여인들에게 감사한다.

　그분들에게 언제나 미안하고 빚진 기분이 든다.

　그의 작품 속엔 내 어머니도 또렷히 살아 계신다.

길(박수근의 그림).

저 남루한 시대를
허리띠 졸라매고 건너온
모든 어머니는 내 어머니시다.
사랑이 죽어가는 시대에도
내 영혼 속에서 늘 항상
그리움으로 남아있는 커다란 사랑.
엄마, 어머니
당신의 부재가 아플 때마다
사랑보다 더 큰 사랑이었음을
이제사 나는 깨닫는 것이다.

온주 고을을 걷다

조선시대 고을 원님이 정무를 보던 동헌 '溫州衙門(온주아
문)'이 버티고 있는 온주 고을*엔 은근히 맛있는 집이 많다.
안 그래도 유명했던 목화반점은 SNS 열풍에 힘입어 주말엔
한두 시간을 기다려야 짜장면이든 뭐든 맛을 볼 수가 있다.
그런데 이 동네의 음식 맛도 맛이지만 나는 동네의 조금 남
아있는 예스러운 분위기에 더 마음이 간다.

말 그대로 옴팡집처럼 생긴 '옴팡집'에서 추어탕을 먹는다.

---

* 1340년의 길고 긴 역사를 간직한 충남 아산시 '온주 고을'(충남 아산시 온양6동).
  〈온주향토지〉에서는 이 지명이 처음 사용된 것은 신라 문무왕 3년(서기 663년)
  이었을 것으로 추정한다. 이 마을의 중심에는 충남유형문화재 16호로 지정된 '溫
  州衙門(온주아문)'이라는 현판이 새겨진 목조건축물이 자리잡고 있다. 조선시대
  온양군의 관아 건물로, 낮은 남향의 야산을 배경으로 문루와 동헌이 서 있다.

이 집 전공은 추어탕이다. 전공도 훌륭하지만 부전공격인 김치맛이 일품이다. 어떤 지인은 김치 먹으러 옴팡집 간다고 말한다. 옴팡집엔 주로 옴팡집의 추억을 아는 사람들이 모여든다. 모르긴 해도 자기 안의 초가삼간을 들여다보는 맛도 있어서 일 것이리라.

옴팡집에서 나와 주변을 둘러보면 과거도 현재도 아닌, 시골도 도시도 아닌 어정쩡한 동네 모습이 나름 재미있다. 게다가 복고풍의 허름한 간판엔 하나같이 추억이 내걸려 있다.

**국밥집, **짜장면집. **미용실, **이용원, **다방, **부자철물점, **연탄구이 곱창집, **민물 장어집, **슈퍼 그리고 폐점한 분식집 유리창에 아련히 남아 있는 떡볶이, 오뎅, 쫄면, 잔치국수…

그 오래된 현재들이 마치 자기들끼리 머리 맞댄 온기로 살아가는 듯 정겹다. 그래서 음식에서도 소박하니 정이 풍긴다.

충남의 곳곳엔 어디랄 것도 없이 아직은 이런 추억이 내걸린 골목들이 많다.

나는 이런 어릴 적 삼촌 같고 당숙 같은 골목길은 가급적 천천히 걷는다. 왠지 간판에 눈길 한 번쯤은 줘야 예의일 것 같아서다. 뭐랄까. 퇴역장군을 보고 목례라도 건네야 하는 것처럼.

'늙어가는 모든 존재는 비가 샌다.'

오랜 세월을 버텨낸 간판의 어깨며 무릎에선 바람이 들고 비가 새지만 저들이 마을과 마을 사람을 지켜온 역사다. 각 간판이 저마다의 최선을 다하고 낡아가는 광개토대왕비인 것이다.

이런 삶의 광개토대왕비 곁을 걷노라면 나처럼 단기필마로 중원을 누볐을 어린 시절의 친구들이 떠오른다. 갑식이, 순례, 범식이 이런 얼굴이 떠오르고 '메밀묵 사려'와 '찹쌀떡' 소리도 들려온다. 튀밥 기계의 펑 소리도, 자전거 빵꾸집도, 기름집도 근처 어딘가에 있지 않을까 돌아보면서.

이런 풍경 앞에 놓이면 누구나 자신의 고색 찬연한 고대와 중세를 뒤돌아보지 않을까. 저물녘 집집의 굴뚝에서 모락모락 연기가 피어오르고 아궁이에 불잉걸 위 뚝배기에선 된장찌개 보글보글 끓어오르는 그림을 그려넣으면서…

지금 내가 서 있는 온주(溫州) 고을은, 글자 그대로 '따뜻한 마을'이다. 볕 잘 드는 양지바른 곳에 위치했으니 마땅한 이름이다.

이 마을은 추억팔이를 위해 급조한 동네가 아니라서 자연스럽다. 왕년에 꽃다방에서 다방 레지가 타주는 모닝 차 한 잔쯤 폼 나게 마셔본 세대들은 이 풍경 앞에서 자신의 코흘리개 초상화를 한참 그리다 갈 것이다.

칙칙하고 화사롭던 나름의 방식으로 붓 터치 하면서….

이
름
값
과

밥
값

사
이

1

지인 중에 주은씨가 있다.

그녀는 독서광이다. 종일 커피숍 구석에 죽치고 앉아 책을 읽는다. 읽고 또 읽는다. 지겹지도 않은지 화장실 가는 시간 빼고 거의 책만 바라본다. 책을 애인처럼 품는다. 사각사각 책장 넘기는 소리와 새 책에서 나는 책 냄새가 좋대나 어쨌대나.

그녀가 옛날 공자 왈 맹자 왈 하던 시대에 태어났으면 문과 장원급제 했을지도 모르겠다.

그녀의 책 읽기는 읽고 싶어도 읽을 수 없었던 시절에 대한 일종의 한풀이요 복수극인 셈이다. 사춘기 이후 시간은 한 번도 그녀를 책 읽으라고 놔주지를 않아서 사는 내내 지독하게 책을 짝사랑만 했단다. 그러다가 애들도 크고 형편도 좀 나아지자 "날 건드리면 죽어~" 요지의 '독립선언문'을 공표하고 마침내 수십 년 짝사랑과 해후했단다. 〈콜레라시대의 사랑〉의 남 주인공 '플로렌티노 아리사'가 사춘기 시절의 연인 '페르미나 다사'를 평생 짝사랑하다가 51년 9개월 4일 만에 드디어 그녀를 품에 안은 감격을 누린 것에 버금갈 만한 사건이었던 것이다.

그녀의 일과는 집안일을 오전에 잽싸게 해치우고 브런치를 먹은 다음에 간식과 책을 싸들고 독서행차에 나섰다가 남들 퇴근 시간에 맞춰서 귀가한다. 그녀의 아지트는 아파트 정문 곁에 있는 **커피숍이다. (참고로 이 커피숍엔 그녀가 읽고 기증한 도서가 죽 진열되어 있다.)

아무튼 그녀는 일단 커피 한 잔을 시켜놓고 그녀는 이 집 커피가 세상에서 제일 맛있다고 자랑질이지만 글쎄올시다~이다. 커피를 안 좋아하는 내가 어찌 감히 커피를 평하겠는가.

그녀는 하고 많은 자리를 놔두고 구석 자리를 점해놓고 독서대를 설치한다. 하도 같은 자리를 점령하고 있으니 다른 사람들은 마치 그녀가 전세라도 낸 자리인 듯싶어서인지 앉을 엄두를 내지 못한다. 안 그래도 서울깍쟁이 아줌나라 목소리를 깔면 찬바람이 쌩 난다. 그러거나 말거나 나는 그녀가 찬바람을 낼 때마다 그녀식의 직구를 날린다.

'제발 남산풀쐐기 아줌니~~ 그러면 사람들이 주변에 안 꼬여용. 워찌 그러신대유~'.

그러면 대답은 일편단심이다.

"냅둬요~ 이대로 살다 죽게!"

아, 본론은 이게 아닌데 곁가지가 많아졌다.

독서광인 그녀는 말한다. 달의 뒷면까지 훤히 알고 나면 달을 사랑할 수 없노라고.

그러면서 한마디 사족을 얹는다.

"이 놈, 저 분 방귀 꽤나 뀐다는 분들하고 거래해 봤는디 다 별로야~~ 지들 방귀라구 구린내 안 나간디…"

얘기인즉 이런저런 인연으로 소위 명망가들이란 사람들하고 놀아(?)보니 별거 없더라는 것이다. 그래서 자신은 이제 유명보다는 무명 속에 진주를 발견하는 기쁨을 찾겠다는 발칙한 생각을 했다는 것이다. 깜찍하다!

원래 소문난 잔치에 먹을 게 없기는 하다. 뻥과자처럼 과도하게 부풀려 있거나 이미지에 여러번 뽀샵 처리하고 세탁하고 합성한 탓이다.

그래서 파리 여행을 다녀온 사람들은 이구동성으로 말한다.

기욤 아폴리네르의 시 '미라보 다리'에 속았노라고…

'개뿔이나 미라보 다리 아래 세느 강은 한강만도 못하게 흐르고 우리들의 사랑이 흘러가기는커녕 쓰레기만 떠 간다'고 실쭉거리면서.

기대가 없으면 실망도 없다.

유명은 모든 무명들의 선망이다.

선망이 실망이 되는 건 한순간이다.

모든 유명들은 이름값을 하던가 간판을 내리든가 솔직해져야 한다.

그게 유명이 치러야 할 통과세며 밥값이다.

이런 그녀의 거침없는 독설은 약이 된다. 독은 약으로 쓰이기 때문이다.

2

여행 내내 오직 강진 구경만 하리라 작심하고 2박 3일의 나들이를 떠났었다.

남도 들녘에 청보리 물결 출렁이는 햇살 눈부신 오월이었다.

강진은 강진만을 끼고 양쪽에 알타리 무처럼 생긴 다리가 내리뻗은 독특한 모양을 하고 있다. 그래서 예전에 가우도 출렁다리가 생기기 전에는 아마도 빤히 보이는 맞은편 쪽 강진을 가려면 버스를 타고 한참을 돌아가거나 나룻배를 이용했을 것이다.

누구나 추천하는 강진 여행의 여정은 영랑생가와 다산초당, 가우도와 출렁다리, 백련사, 월출산국립공원, 청자박물관, 고바우전망대(상록공원, 분홍나루라는 전망 좋은 예쁜 카페가 있다) 등이다. 나도 그 추천 코스를 중심으로 촘촘히 둘러보며 카메라의 셔터도 누르고 짬짬이 메모도 하면서 홀로 여행의 맛을 즐겼다. 곳곳에 산재한 먹거리도 맛보며. 남도답사도 식후경 아닌가!

내 수첩 속엔 강진을 이렇게 적어놓고 있다. 경험상 여행 전문가라는 사람들이 추천하는 곳은 맛도 멋도 10~20% 부족하다. 그래서 늘 실망한다. 실망하지 않기 위해서 기대하지 않는다. 사람마다 눈도 다르고 혀의 느낌도 다르다는 걸 인정하기 때문이다. 볼거리 위주의 여행에 무게를 두지 않는 나그네라면 이렇게 정리할 것이다.

강진은 '남도답사일번지란 이름값을 하는 땅이다.' 내겐 명불허전이었다.

특히 김영랑 생가*와 다산초당**은 나를 깊은 사유의 숲으로 이끌었다.

영랑생가는 가옥의 위치와 구조, 정원, 우물, 마당 하나하나가 시가 깃들고 음악이 샘솟을 것 같이 정감이 흘러넘쳤다.

다산초당의 외관은 그저 소박 수수했으나 단아한 기품이, 당대 최고의 실학사상의 산실로서는 부족함이 없어 보였다. 하지만 나는 그분들이 가지는 인간적 매력을 느껴보려고 그곳을 찾았기에 외관은 어떠해도 좋았다. 당대의 두 지성들이 시대를 아파하고 고민하며 깊은 사유에 잠겨 거닐었을 강진 땅에서 그들의 숨결을 느껴보는 것만으로도 감사하기 때문이다.

강진 여행에서 뜻밖에 횡재한 즐거움이 있었다.

저물녘이었다. 가우도를 찾아 굽이굽이 해변길을 천천히 돌아가고 있었다. 마침 썰물이라 물이 빠져나간 강진만의 갯벌… 물속에 숨기고 있었던 갯벌의 민낯이 고스란히 드러나 있었다.

---

* 김영랑(金永郎, 1903~1950): 강진 출생의 시인. 본명 윤식(允植). 1930년 박용철, 정지용 등과 함께 "시 문학"을 간행, 순수 서정시 운동을 주도하며 잘 다듬어진 언어로 우리말의 아름다움을 발견하고 창조하는 데 힘썼다. 그는 창씨개명을 거부하고 강진에 기미독립선언문을 고무신 깔창 밑에 몰래 숨겨가지고 갔다고 한다.

** 다산초당: "강진만이 한눈에 굽어보이는 만덕산 기슭에 자리한 다산초당은 조선시대 후기 실학을 집대성한 대학자 정약용 선생이 유배생활을 했던 곳이다. 다산(茶山)이라는 호는 강진 귤동 뒷산 이름으로 이 기슭에 머물고 계시면서 자신의 호로 써 왔다. 조선후기 대표적 실학자인 다산 선생이 1801년 강진에 유배되어 18년여 동안 〈목민심서〉, 〈경세유표〉등 600여 권의 방대한 책을 저술하였다." ― Daum 백과사전.

아마도 야구 국가대표 전용 운동장 (강진 베이스볼 파크) 부근이었을 것이다. 저녁노을과 민낯을 드러낸 아기자기한 갯벌과 갯벌 너머 민가와 야트막한 구릉, 그리고 구릉 뒤 병풍처럼 첩첩이 둘러싼 산마루에 나직이 내려앉은 하늘에 노을…기가 막힌 타이밍이었다. 노을이 나를 기다리고 있었던 것처럼. 이날 바라본 갯벌 위에 '몽환'은 '평생의 노을'로 내 가슴을 물들여 놓았다.

게다가 강진만 사이에 동그라니 떠 있는 작고도 어여쁜 섬을 양쪽 육지로 이어주는 출렁다리에 올랐을 때였다. 무슨 조화인지 습기를 잔뜩 머금은 일군의 구름떼가 산허리를 휘감는다.
세상에 이런 비경이라니….
내가 심심한 호감을 갖고 땅을 디디고 있음을 강진 땅이 눈치챘는지 이심전심으로 자신의 속내를 내게 다 보여주고 내준다. 이게 세상의 이치다.
가끔은 이렇게 무명한 여행지가 순수하게 감동을 준다. 아무도 아무 책자도 나에게 가우도 찾아가는 해변 길의 아름다움과 갯벌과 노을 그리고 동그라니섬 가우도의 동백숲과 아기자기한 산책로를 말해주지 않았지만 여기서 나는 가장 많은 느낌표를 얻고 안식을 취했다.
여행이란 무명지에서 뜻밖에 보석을 발견해내는 즐거움이다.

꽃
밭
에
서

'정교한 그림을 그리는 건 힘들지 않았지만, 다시 어린 아
이가 되는데 사십 년이 걸렸다.'*

'꽃밭에 앉아서 꽃잎을 보네.
고운 빛은 어디에서 왔을까.
아름다운 꽃이여.'

• 장 그르니에 〈이방인〉 서평 중에서.

노래 '꽃밭에서'를 즐겨 듣다보면 마음에도 꽃밭이 생겨난다.

시간을 이팔청춘 언저리까지 되돌려 주고 메마른 마음에 꽃비를 내려주는 시 '꽃밭에서' 한 곡이면 금세 영혼이 맑아진다.

시의 주술이며 음악의 마력이기도 하다.

이 노래를 조수미, 정훈희, 조관우가 부르기 전에 조선 초기 성균관의 한 유생이 음유한 시[**]란 생각을 하면 소름이 돋는다.

최한경이란 유생은 어려서부터 한 마을에서 자란 처자와 애틋한 눈빛을 주고받는 사이로 발전했으나 애틋함이 채 사랑이 되기도 전에 한양으로 떠나야 했다.

출세의 보증수표 과거시험을 준비하며 독하게 마음먹어도 시시때때로 눈에 밟히는 사랑하는 님에 대한 그리움이 사무쳐 머무는 곳 후원의 잔디밭에서 이 시를 쓰고 음유했다고 한다.

그의 마음이 되어 이 곡을 듣고 있으려면 절절하다 못해 먹

[**] 〈泮中日記〉 세종 때 성균관 유생이었던 최한경이 자신의 삶을 기록한 저서. "꽃밭에 앉아서 / 꽃잎을 보네 / 고운 빛은 / 어디에서 왔을까 / 아름다운 꽃이여 / 그리도 농염한지 / 이렇게 좋은 날에 / 이렇게 좋은 날에 / 그 님이 오신다면 / 얼마나 좋을까 / 동산에 누워 / 하늘을 보네 / 청명한 빛은 / 어디에서 왔을까 / 푸른 하늘이여 / 풀어놓은 쪽빛이네"(이하 생략).

먹하다.

지고지순한 사랑의 감정은 예나 지금이나 하나도 다르지 않다.

저렇듯 사람은 꽃보다 아름답다는 시문이 이미 조선시대 초기에 음유하고 있었음이 놀랍지 않은가. '세상에 단 하나도 새로운 것은 없다'는 말이 실감난다.

"내가 너의 이름을 불러준 것처럼 나의 이 빛깔과 향기에 알맞은 누가 나의 이름을 불러다오. 그에게로 가서 나도 그의 꽃이 되고 싶다."

인도 영화 〈왕의 여자〉에 보면 이런 대사가 나온다.

천사들에게 천국이 무엇이냐고 묻자 '사랑이 머무는 곳'이라고 했다.

천사들에게 그럼 지옥은 무엇이냐고 묻자 '사랑이 머물지 않는 마음'이라고 했다.

요즘 10대 힘들죠?라는 부제가 달린 〈나 IN 나〉라는 책 이야기를 하려고 한다.

이 책은 '30년 간 십대들과 함께 해온 십대의 벗 황동한 목사가 전하는 십대를 위한 응원가'이다.

누구에게도 말할 수 없는 십대들의 속 깊은 문제들을 찾아내어 해결 방법을 제시하고 있는 십대를 위한 인생지도서일 뿐 아니라 어른을 위한 십대지도서이기도 하다.

여기에서는 독자를 어른으로 놓고 이야기를 시작하겠다.

우리 어른들이 깜빡하고 있거나 하찮음으로 치부하는 것이 십대들에겐 천근의 무게로 느껴지는 고민일 수 있기 때문이다. 요즘은 어른 하기도 어렵지만 10대로 살기도 힘든 모양이다.

영화 〈레옹〉에서 레옹과 마틸다의 대화가 도움이 될 것 같다.

마틸다: 사는 게 너무 힘들어요. 제가 어리기 때문인가요?
레 옹: 아니, 사는 건 언제나 그래.
사는 건 애나 어른이나 버거운 문제인 것 같다.
'깜빡'과 '하찮음'의 밑바닥에 흐르는 정서는 이런 것 아닐까.
'이마에 피도 안 마른 것들이 뭘 알아', '생전 고생이란 걸 모르고 자라서 참을성도 없고 세상에 저밖에 없는 줄 안다니까.'
'엄마 아빠가 자판기인 줄 아나봐!'

어른들은 십대들을 언제나 철부지로만 생각하고 대화 상대로 인정하지 않으려 한다. 그래서 토론이나 토의는커녕 아예 의견 자체를 무시하기도 한다.

자, 그럼 책의 본문에 있는 십대들의 속내를 엿보면서 우리

스스로의 마음 거울도 들여다 보시기 바란다.

"너 아직도 그 녀석들과 어울려 다니니?"

"넌 왜 늘 늦게 들어오니?"

엄마와 아빠의 화살 같은 말은 늘 내 마음을 상하게 하고 나의 감정을 폭발시킨다.

"그런 건 누구나 할 수 있어."

"네가 무얼 한다고 당장 그만둬!"

"네까짓게 뭘 한다고!"

부모님의 송곳 같은 말에 기가 죽고 스스로 포기하게 된다.

"얘, 옆집 사는 영진이를 보렴. 공부도 잘하고. 깨우지 않아도 일찍 일어난다더라, 그런데 넌 어쩜 애가 그 모양이니?"

부모님의 비교하는 말에 아무 것도 하기 싫어진다.

"그래, 됐고, 넌 항상 그렇잖아."

부모님이 미리 짐작하고 내 마음을 이미 다 안다는 말에 한없이 무시당하는 기분이다.

"내가 너 때문에 못살아."

부모님의 짜증 섞인 말은 우리를 더욱 짜증나게 만든다.

사랑하는 엄마, 아빠!

우리는 아직 여리고 어린 마음이라 부모님께서 대수롭지 않게 하는 말에도 쉽게 상처를 입고 마음 문을 닫아 버려요.

공부에 시달리고, 학교생활에 지친, 어리고 여린 우리의 마음을 너그럽고 넓고 깊은 사랑의 말로 감싸주시면 안 될까요?

"엄마 망신 주려고 작정했어?" 괴성을 지르거나 "왜 너는 다른 아이처럼 놀지 않는 거야." "도대체 몇 번을 말해야 알아들어." "왜 이렇게 엄마를 힘들게 해." "엄마 죽는 꼴 보고 싶어?"

자녀를 키우면서 저 대사들 중 몇 개나 읊으며 사셨는지 무척 궁금하지만 묻지는 않겠다. 대강의 답은 내 안에도 있기 때문이다.

"나는 나의 활동에 보탬이 되거나 직접적으로 활력을 부여하지 않고 단순히 나를 가르치기만 하는 모든 것을 싫어한다."[*]

괴테 같은 사상가도 활력을 불러일으키지 않는 가르침은 쓸데없다고 본 것이다.

'나는 열네 살 이전에 세상을 다 알아버렸다'고 회고하는 명사들이 있고, 삼천년 전의 기성세대도 당시의 십대들을 싹

---

[*] 알렝드 보통, 〈여행의 기술〉.

수가 노랗다고 걱정했어도 역사의 수레바퀴는 간단없이 굴러왔다. 무엇보다도 우리 스스로가 증명이다. 전에는 우리가 십대였으니까. 〈나는 길들여지지 않는다〉의 저자 이주향 교수는 이렇게 말한다.

"아버지 세대가 기억해야 할 것은 할아버지 세대가 아버지 세대를 향해 '우리 클 땐 저러지 않았는데'라고 혀를 차며 했던 말이다. 기성세대의 눈에 신세대는 늘상 불안하고 가벼워 보인다는 것, 그것을 인정하는 것이 세대 간의 주파수를 맞추는 첫 걸음일 것이다."

이쯤에서 다시 영화 〈레옹〉으로 가름해볼까 한다.
마틸다: 난 다 컸어요. 나이만 먹으면 돼요.
레 옹: 나랑 반대구나. 난 나이는 먹을 만큼 먹었어. 문제는 아직 어려서 그렇지.

밥
먹
자

모 방송 프로그램 '개콘'에서 '밥먹자'라는 꼭지가 부활했다. 반갑다.

개인적으론 개그의 질을 한 차원 높인 프로그램으로 생각된다.

후한 점수를 주는 이유는 짧은 스토리에 극적 장치가 다 녹아있어서다. 화개장터처럼 질박해서 좋은데다 반전의 묘미까지 더했다. 이처럼 웃기면서도 짠한 메시지가 된장국처럼 폴폴거리는 '밥먹자!'의 재미는, 일단 중견 코메디언들 (김대희, 장동민, 신봉선)의 능청이 한 몫을 한다. 능청만으로 몇 번을 자지러지게 하니…개그는 아무나 하나다~.

'매일 죽는 사람*'도 있는데 매일 웃겨서 먹고 사는 인생은 축복받은 삶이다. 신의 직장을 출퇴근하고 있으니.

핵가족 시대, 가정의 식탁이 밥 먹자의 무대 배경이다.

(막이 열리면) 세 식구 모두 따로 국밥이다. 스마트폰 삼매경의 아들, 밥만 꾸역꾸역 퍼 넣고 있는 아빠, 두 남자의 눈치를 살피며 식탁 주변을 맴도는 엄마…대화가 해체된 식탁 위엔 침묵과 어색한 공기가 흐른다.

〈사이〉

긴 침묵을 깨는 아버지 왈~.

'밥 묵자!'

이처럼 요즘 가정의 식탁 풍경이 압축해서 코믹하게 그려져 있다. 그런데 실은 이마저도 호사인지 모른다. 각자 '혼밥'을 먹어야하니 말이다. 밥상머리 교육은커녕 가족 얼굴조차 구경하기 어려울 판이다. '댁은 누구세요?'

아래와 같은 질문을 던졌을 때의 답이 궁금해진다. (가족의 화목을 측정하는 척도로서)

---

* 조해일의 소설, 한 영화 엑스트라의 삶을 통해 소외된 인간의 비애와 죽음 앞에 놓인 인간의 허무를 그린 작품.

질문) 당신의 가족은 저녁식사 중 몇 번의 대화를 나누는가?
① 2회 이상 ② 4회 이상 ③ 6회 이상 ④ 8회 이상 ⑤ 말없이 밥만 먹는다.

그런데 이 질문에 매우 난처한 응답자가 생겨날 것 같다.
①~⑤ 사이에 답이 없기 때문에. '왜?' '그걸 몰라서 물어!'

밥 먹자는 말은 간결하나 결코 간단하지 않은 말이다.
'밥 묵었나?', '밥은 묵고 사나?', '밥도 안되는 일에 머한다꼬~', '밥 한번 묵자아~'.
밥상은 마음이 오가는 통로다. 정을 퍼 올리는 우물이요, 화해와 용서가 드나드는 교차로다. 그리하여 밥 먹는 행위 자체가 소통이다. 가족 혹은 타인 간 밥상머리 대화의 실종은 현대인의 우울과 고독의 깊이에 상당한 영향을 끼치고 있지 않을까 싶다.
어느 나라 어느 곳이든 '밥먹자'는 곧 '나눔 행위'이다. 식솔도, 회사(컴퍼니)의 어원도 밥 나누는 일에 뿌리를 두고 있다. 밥을 나눈다는 것은 그 외에 인간적인 모든 나눔 행위로 확장된다. '식사를 합시다'란 드라마가 괜히 떴겠는가.

훈장이 진짜 두려운 일

오래 전 술자리에서 막역하게 지내는 한 후배 교사가 들려준 이야기 하나를 소개한다.

그가 담임을 맡은 반에는 말썽꾸러기 한 명이 있었다. 학급에서 일어나는 크고 작은 사건의 중심에 늘 끼여 있는 감초였다.

담임교사는 시간이 날 때마다 감초를 불러 달래도 보고 얼러도 보았다. 그리곤 치유에 좋다는 온갖 약(교육적 수단)을 처방해서 이 녀석에게 먹였다. 그러나 이 녀석은 이미 온갖 약을 다 먹어본 이 분야의 베테랑이어서 도무지 약발이 받지 않더라는 것이다. (그때나 지금이나 명성이 자자한 '중2'라는 점을 감안하면 충분히 이해가는 일이다. 지금도 교육현장에는 이런 전쟁을 치르고 계신 선생님들이 한두 분이 아닐 것이다. ㅠㅠ)

그 무렵 담임교사에겐 녀석과의 신경전이 수업하는 것보다 몇 배는 더 힘들었단다.

인내심이 바닥을 다 드러내고 있던 어느 날 마침내 사건이 일어나고야 말았다. 수업하러 학급에 들어서는데 이 녀석이 담임 면전에서 아무렇지도 않게 교실 바닥에 가래침을 뱉더란다. 모든 아이들의 방이나 매한가지인 신성한 교실에서 말이다.

담임교사는 '이것은 교육에 대한 도전이자 자신에 대한 결투 신청'이라 생각하고 망설이지 않고 곧바로 무지막지한 공습에 들어갔다고 한다.

'넌 사람 되기는 다 틀렸다. 너 같은 놈이 사람이 되면 내 손가락에 장을 지지겠다.'

젊은 교사는 순간의 분노를 억제하지 못하고 회초리에 저주를 섞어 폭력을 가하고 나니 그 땐 속이 다 후련하더란다. 워낙 쌓인 게 많아서 아무튼 그 감초 학생은 졸업을 했다.

그리고 세월이 꽤 흐른 어느 가을이었다. 바뀐 학교에서 여전히 또 다른 감초들(트러블메이커)과 지지고 볶고 있는데 어떤 제자한테 전화가 왔다.

'저는 아무개인데요. 선생님 전화번호를 정말 어렵사리 알아냈는데 시간 좀 내주세요. 몇몇 친구들이 선생님을 뵙고 쐬주 한 잔 대접하고 싶어해요.'

교사는 만사를 제쳐놓고 그날 저녁 제자들이 기다리고 있는 음식점에 갔답니다.

'세상에나!'

거기에는 '사람 되기 다 틀린 놈'이 사람이 되어 앉아 있더란다.

'선생님 제가 술 한 잔 올리겠습니다.' 다 틀린 제자는 어엿한 경찰 공무원이 되어 술을 따르더란다.

요즘 세대 말로 '훈남'에다가 어찌나 바르고 공손한 젊은이가 되어 있던지….

그 저녁 교사는 술과 밥이 코로 들어가는지 입으로 들어가는지 경황이 없었더란다.

'넌 사람 되기는 다 틀렸다.'

그 날의 저주가 자꾸만 귓가에 되살아나 메아리를 쳤단다.

'그땐 내가 너무 혈기가 왕성해서…미안하다고 사과하면서도, 여태껏 내가 헛선생질 했구나'라는 회한이 밀려오더란다. (이런 에피소드의 영향을 받았는지는 모르겠으나 후배는 십여 년 이상 남은 교직을 떠나 다른 직종에서 즐겁게 일하고 있다.)

대기만성이란 말도 있듯이 늦되는 것은 완성도를 높일 수 있는 확률도 커진다.

나는 그 후배의 경험담을 반면교사로 삼아 어린 아이들을 현재의 시점에서 단언하고 재단하는 우를 범하지 않으려 노력하고 있다. 긴 인생 여정에서 몇 번이고 다시 태어날 수 있는 게 사람임을 감안하면 어린 영혼에게 우리가 할 수 있는 것은 기다려주고 참아주고 지지하고 격려하는 것 말고는 다른 게 없다고 생각한다.

레
밍
의
역
설

　민중은 '개돼지'라서 먹고 살게만 해주면 된다는 요지의 발언으로 온 국민을 분노케 한 사건이 엊그제인데 이번에는 '레밍' 논란이 국민의 불편한 심기에 휘발유를 끼얹었다. 자신의 혀로 화상을 입은 사람 중에 한 사람은 교육부 정책기획관이고 한 사람은 충북 도의원이었다. 이 사건들은 사회 지도층들이 국민을 바라보는 시선의 일단을 충실히 그리고 상징적으로 보여주었다. 그러면서 국민들에게 무한한 상상력을 불어넣어 주었다. 저런 발상으로 자리를 꿰차고 앉아 있을 지도급 인사들이 어찌 저들 뿐이겠냐는.

　"어떤 사람들은 날 때부터 자유롭고 어떤 사람들은 날 때부터 노예이며, 날 때부터 노예인 사람들에게는 노예제도가 편리하고 정당하다.

아리스토텔레스는 정치 〈Politica〉(기원전 350)에서 그렇게 말했으며, 그리스와 로마의 거의 모든 사상가와 지도자가 그런 입장을 지지했다.

고대 세계에서 노예와 노동계급은 보통 이성이 없는 피조물로 간주했다. 그 결과 가축이 밭을 가는 것이 당연하다는 듯이 비참한 생활을 하는 것이 당연하고 어울린다고 여겼다."*

개돼지와 레밍의 주인공들은 기원전 350년 전 아리스토텔레스 시대의 축축한 사고에서 한 발자국도 전진하지 못한 사람들이거나 글줄이나 읽고 시험문제 몇 개 더 맞추는 재주로 높은 의자를 차지한 운 좋은 사람들이다. 저런 사고의 소유자들이 국가의 교육정책에 관여하고 지방 의회에서 영향력을 발휘하고 있었던 걸 생각하면 운발 말고 무엇으로 설명한다는 말인가. 명색이 민주주의 체제하에서.

한국 민주주의 역사가 일천한 사실을 감안하더라도 이 사건은 가히 충격적이다. 최근 민주주의에 대한 자격도 없는 사람들이 제멋대로 대한민국 민주호를 운행하며 좌충우돌 하는 것을 연이어 관람하다 보니 우려의 수준을 넘어 불길한 생각마저 든다. 창피하지만 366년 전의 '토머스 홉스' 같은 정치 철

---

* 알랭 드 보통, 〈불안〉.

학 사상가를 이 시대에 초청하여 한 수 배워야 할 판이다.

"모두가 동일한 열정과 비슷한 힘을 갖고 있기에 누구도 절대적인 우위를 확보할 수 없다"는 기본적인 전제를 가지고 있던 홉스는 "〈리바이어던(Leviathan)〉(1651)에서 개인은 사회의 탄생 전부터 존재했으며, 오직 자신의 유익을 위해 이 사회에 합류한 것이고, 보호를 대가로 타고난 권리를 내주기로 동의한 것"이라 했다. 그렇기에 "통치자들은 민중의 도구이며 전체의 이익을 추구할 때만 복종을 받을 수 있다"는 것이다.

이러한 놀라운 정치철학이 이미 17세기에 정립되고 있었는데 지금껏 한국사회의 고위 공직자나 정치가들 중엔 자신의 정치관이 정작 개돼지 수준을 면치 못하면서 외려 국민들을 가르치려 들이댔던 것이다.

'정부는 자신이 통치하는 모든 사람에게 번영과 행복을 누릴 기회를 제공할 수 있을 때에만 정당성을 얻는다'는 기본 상식이나 알고 정치판에 뛰어들었는지 묻고 싶은 정치꾼들이 한 둘이 아니다.

이번 사건으로 상처를 받은 많은 국민들은 볼테르의 말에서 위로받으시기 바란다.

"세상에는 이야기를 나눌 만한 가치도 없는 사람들이 들끓는다."

말 펀치와 핵 펀치

미국과 북한이 말 폭탄을 돌리며 티격태격 하고 있다.

의례적인 말씨름인 줄 알았는데 외신은 한반도의 정세를 몸싸움으로 표현하고 싶어 안달이 난 모양이다. 일부 국가에서는 한반도에서의 전쟁 발발 시 자국인의 안전과 안전한 귀국을 위한 매뉴얼을 만지작거리면서 분위기를 북돋아 간다.

그런데 정작 한국은 동요도 술렁거림도 없이 고요하다. 적어도 수면 위에서는.

휴전 이래 수십 년 동안 전쟁이 없었던 탓인지 국민의 대담성인지 아니면 양치기 소년들의 '안보팔이'에 이골이 난 탓인지 모르겠다.

일단 긴급하게 돌아가는 상황에서도 국민들이 차분하게 대처하고 있다는 것은 불행 중 다행이며 칭찬받아 마땅하다.

국격도 품격도 없이 벌이는 미국과 북한의 진흙 벌 싸움 중심엔 '핵'이 놓여 있다.

체제의 존립을 위해 전 인민이 굶어죽는 한이 있어도 '핵'을 갖고야 말겠다는 북한의 결기와 너희들은 그걸 가지고 놀아서는 안 되며 가지고 놀 만큼 철들지도 않아서 절대 용인할 수 없다는 미국의 기 싸움이 맞서 장마전선이 형성된 것이었는데 진짜 천둥번개 칠까 전 세계가 주목하고 있다. (구경이야 싸움구경이 최고이지만 그건 강 건너 불일 때 얘기다. 한국인들한테는 생과 사가 달려있는 문제다. 승패와 관계없이 한반도의 황폐와 몰락을 가져오는 전쟁을 불구경하는 사람들이 어찌 헤아릴까.)

그런데 도대체 왜 언론 —국내외를 막론하고— 은 이 상황의 본질적 접근보다는 티격태격 현상에만 집중하는 걸까. 맨 처음 이 위험하기 짝이 없는 물건을 만들어 놓은 당사자들은 누구이며, 그걸로 톡톡히 재미를 본 사람들은 또 누구였던가? 지금껏 그걸 집요하게 생산하는 것은 무엇이고 극한의 시장경제를 추구하자면서 그 '위험 덩어리'만은 왜 매점매석을 용인하는 것인지? 누구든 핵을 가져서는 안 된다고 피를 토해 절규하는 자칭 타칭 세계의 양심과 지성들은 모두 어디로 출장 중이신지?

핵은 악이다. 폐기하는 것이 맞다.

북한은 핵을 만드는 대신 인민의 배와 등을 따뜻하게 만들어야 맞고 오래 넉넉히 '위험한 물건'으로 재미 본 사람들도 똑같이 내려놓아야 맞다. 솔직히 이전투구 이면엔 '그네들의 밥숟가락이 위험해져서'라는 것을 알 사람들은 다 알지 않는가.

오늘 소설가 한강이 7일 미국 일간지 뉴욕타임스(NYT)에 '미국이 전쟁을 언급할 때 한국은 몸서리친다'는 제목의 글을 게재했다. 속 깊이 전쟁 트라우마를 안고 사는 한국인들 앞에서 전쟁 시나리오를 들먹이는 게 어떤 의미인지 생각해 보자는게 요지'란다.

전쟁을 하자고 부추기는 자들이 막상 제일 먼저 전선에 뛰어들지 않는다. 제일 먼저 총을 들고 제1선에 설 용기라도 있는 자가 전쟁을 외치기 바란다. 전쟁은 게임 속에 게임이 아니다. 그 게임 속에 피 흘리며 죽어나가는 캐릭터들이 바로 '나'일 수 있기 때문이다.

한반도에서 또다시 전쟁이 있어선 안된다. 평화와 통일이 가장 아름다운 해결 방안이다.

4 ─ 아침밥은 먹고 힘내자!

학생들의 인성과 사회성,
체력과 성적 향상을 위해
아침밥은 '선택'이 아니라 '필수'다.

〈귀향〉과 〈동주〉, 어떻게 응답해야 할까

삼일절을 앞두고 절규하는 소녀와 부끄럽다는 청년을 만났다. 굿을 통해 역사를 호출하는 영화 '귀향'과 신문(訊問)을 통해 과거를 불러내는 영화 '동주'를 보았다. 두 영화 모두 일제 강점기를 배경으로 하지만 맹목적인 애국심을 강요하지 않는다. 보는 이에게 길게 생각할 시간을 주고 진보와 보수로 편을 가르지도 않는다.

"언니야, 이제 집에 가자."

집에 가자는 평범한 말이 이렇게 슬픈 말인 줄 몰랐다. 패망한 일본군은 위안부의 흔적을 지우기 위해 처녀들을 집단

사살하고 시신을 불태웠다. 혼자 살아나온 미안함을 담아 넋으로나마 고향으로 모시기 위해 혼을 부르는 처절한 흐느낌이다. '이제 집에 가자.'

예술은 종종 문화적 증거물이 된다. '귀향'은 국가의 외면과 수없이 많은 난관, 기업의 투자 거절을 국민 후원이라는 크라우드 펀딩 방식으로 제작한 국민영화이다. 출연 조건이 출연료를 받지 않는 것이었다는 배우와 재능기부를 먼저 제안한 스태프가 있었다.

화려한 색채를 빼내 더욱 투명해진 시가 흐르는 흑백 영상 '동주'는 윤동주의 삶처럼 쓸쓸하지만 절제된 아름다움이 있다. 동주는 주권이 없는 나라, 모국어를 쓸 수 없게 된 나라에서 시를 쓰는 것이 부끄럽다고 했다. 그는 후쿠오카 형무소 창을 통해 밤하늘을 올려다보며 별빛이 바람에 스치울 때도 부끄러워했고, 잎새에 이는 바람에도 괴로워했다.

두 영화 모두 개봉 직후 상영관이 부족하다는 이야기를 듣고 교육청에서의 상영을 고민한 적도 있었다. 그러나 시간이 갈수록 상영관이 느는 것은 물론, '귀향'은 스크린 독과점을 사라지게 하는 착한 상영관 수 확보의 계기가 되는 영화로 평가받고 있다니 반가운 일이다. 괴롭고 무겁지만, 아프고 슬프지만 외면하지 않고 우리 국민들은 관객으로 참여하며 영화를 완성해가고 있는 것이다.

'귀향'의 조정래 감독은 일본을 비난하거나 섣불리 생존 위안부 피해 할머니들을 위로하고자 하는 영화가 아니라고 밝혔다. 다시는 전쟁이 일어나지 않기를 간절히 바라는 염원을 담은 인권영화로 인식해 달라고 당부했다. 또한 '동주'의 이준익 감독은 '부끄러운 사실을 모르는 것이 가장 부끄러운 것'이라고 몽규의 대사를 통해 전달한다.

우리의 역사와 과거를 호출한 영화 '귀향'과 '동주'를 보고 부모, 교육자, 정치인으로서 우리 국민들은 어떻게 응답해야 할까? 역사교과서 국정화와 한·일 정부 간 위안부 합의로 분열된 국론을 어떻게 모아야 할까? 자신보다 타인을, 내 것보다 남의 것을 더 크게 의식하며 살아가는 학생들에게 필요한 것은 무엇일까? 질문이 꼬리를 문다.

충남교육청은 조정래와 이준익 감독이 말하는 것처럼 미래를 살아갈 학생들에게 참학력* 신장과 함께 인권과 생명,

---

* 모든 학생의 배울권리를 보장하는 평등교육과 한 명의 아이도 포기하지 않는 책임교육을 실현하는 것이며 학력을 넘어서 지식, 가치와 태도, 실천이 조화를 이루는 교육을 말한다.

안전과 평화, 정의와 민주시민 의식 강화를 위해 노력하고 있다. 또한 모국어를 사교육이나 유치원 단계의 선행학습에 맡기는 것은 공교육의 책무를 다하지 않는 부끄러운 일이라고 판단하였다. 이에 초등학교 1학년 한글교육을 50시간 이상으로 편성하고 1학년 담임교사 전체에 대한 연수를 실시하였다.

삼일절을 맞이하여 부끄러운 마음으로 묵념을 올린다. 이 국땅에서 죽어간 꽃 같은 어린 소녀, 적국을 위해 전쟁터로 끌려갔던 청년, 삼일만세와 독립을 위해 싸우다 쓰러진 모든 분들과 이 땅의 민주화를 위해 숭고한 피를 뿌린 호국영령의 귀향을 빌며 고개를 숙인다.

〈충청투데이〉 투데이포럼(2016. 3. 1.)

사람의 공부와
인공지능의 학습

인간은 기계를 닮아가고 기계는 점점 인간처럼 되어 가는 시대에 서 있는듯하다. 알파고와 이세돌 9단의 대국이 치러지던 3월 중순, 충남형 혁신학교인 행복나눔학교를 준비하던 금산여고 학생들의 생활시문집 〈우린 아직 못 다 핀 꽃인 것을〉을 읽었다.

이쁘게 머리를 하고 싶은데/ 학생답게 다니란다./ 어쩌다 음식을 흘리고 먹으면/ 여자답게 먹으란다./ 나답고 싶은데/ 자꾸만 남들답게 하란다./ 그러다 남들답게 다니면/ 너답지

않게 왜 그러냐 묻는다./

금산여고 정민주 학생의 '뭐답게'라는 시의 일부이다.

"알파고가 하상귀를 포기하고 좌상귀를 노리는 것처럼 보이네요. 알파고도 이번 수를 곰곰이 생각하며 응수할 방법을 찾고 있네요."

알파고와 이세돌 9단의 대국 중계를 보고 있으면 인공지능을 지닌 알파고를 사람처럼 대하고 있다는 생각이 들었다. 반면, 우리는 학생들에게 인공지능을 지닌 로봇처럼 공부할 것을 요구하기도 한다. 쉬지 말고 외우고, 외운 것은 절대로 잊지 말고, 외운 것을 응용하여 새롭고 어려운 문제를 해결해내라고 강요한다.

우리나라 학생의 평균 공부시간은 10시간 정도이지만 인공지능은 24시간 내내 정보를 입력할 수 있다. 학생들은 성장통과 사춘기로 흔들리기도 하지만 인공지능은 꾀부리거나 불평하지 않는다. 학생들은 매일 공부하지만 하루가 지나면 절반 이상 까먹는다고 에빙하우스는 기억의 망각곡선으로 설명한다. 인공지능은 외운 것을 절대 잊지 않고 어느 때나 출력해낼 수 있다. 나아가 입력된 정보를 정리, 분석, 체계화하고 패턴을 찾아내어 추론, 판단하는 딥러닝이 가능하다.

이번 대국을 위한 알파고의 5개월 학습은 인간이 천 년 간 학습할 분량과 맞먹는다고 한다. 수많은 정보를 입력해야 하는 암기식 공부는 누구에게 더 적합할까?

이세돌과 알파고의 첫 번째 대국이 끝난 후 알파고가 이기기를 바랐다는 박재동 화백의 이야기를 신문 기사로 읽었다. 박 화백도 처음에는 이세돌을 응원했지만 마음을 바꾸었다고 했다. 인간의 일자리에 대한 걱정과 부와 권력에 의한 인공지능 쏠림현상에 대한 우려 속에서도 알파고가 이기기를 응원한 이유를 다음과 같이 밝혔다.

"그것은 이제 지금 같은 국영수의 시대를 끝내기 때문이다. 힘이 좋은 자가 무리를 지배하던 시대가 활 잘 쏘는 자에게 밀려 지나가고, 그 다음은 무사의 시대가 시험을 통과한 관료의 시대로 교체되어 간 역사를 보는 것과 같다. 이제 똑똑하고 머리 좋은 사람의 시대가 지나가고 있는 것이다. 지금 학교에서 하는 많은 시험용 공부를 알파고가 맡게 될 것이다."

그렇다면 학교교육은 어떻게 바뀌어야 할까? 현재의 교육체계는 현존하는 직업군에서 필요로 하는 지식을 단순히 전달하는 방식으로 운용되고 있어 미래 환경변화에 대한 대응

력을 키우는 데는 많은 한계가 있다고 이주열 한국은행 총재
는 지적한다.

미래인재에게 필요한 것은 로봇과 차별화되는 사람의 역
량이다. 이해와 설득, 교류와 교섭, 감성과 감정, 협력과 협
업, 배려와 공감과 같은 인간의 영역을 가르쳐야 한다. 암기
와 연산, 정보획득 정도를 평가하여 줄 세우는 것보다 더 중
요한 것 말이다.

충남교육청은 경쟁보다 협력, 성적보다 성장, 진학보다 진
로, 학벌보다 참학력, 가르침보다 배움, 속도보다 방향을 강
조하는 교육으로 틀을 바꾸고 있다. 사람의 공부방식인 토론
과 체험을 통해 자연과 더불어 살고 인간과 공감하며 기계와
도 공존할 줄 아는 사람을 키워야 하기 때문이다.

〈충청투데이〉 투데이포럼(2016. 3. 29.)

소통은 막히지 않고 잘 통하는 것, 뜻이 서로 통하여 오해가 없음을 의미한다. 창문이 없는 공간은 안팎의 공기가 통하지 않아 호흡이 곤란하고, 받아들이거나 흘려보낼 줄 모르는 고인 물은 생명체를 품지 못한다.

'다양성을 인정하는 것이 토론의 첫걸음이고, 토론문화는 한 국가의 민주주의를 평가하는 중요한 척도'라고 성균관대학교 백미숙 교수는 말한다. 토론은 어떤 문제에 대하여 여러 사람이 각각의 의견을 말하여 논하는 것으로 소통의 중요한 방법이다.
대화와 토론이 있는 가정의 자녀는 비뚤어지지 않고 자녀가 부모를 막 대하지 않는다. 질문과 토론이 살아 있는 학교에선 학력이 높아지고 학교 폭력과 교권 침해가 줄어든다. 의견 수렴과 토론이 있는 사회와 국가에선 인권이 지켜지고 독선이 없는 민주사회가 실현된다. 살아오면서 숱하게 경험하고 역사를 통해 배웠다.

불길이 너무 강하면 고구마의 겉은 타고 속은 익지 않는다. 불길이 계속 강하면 그마저 타버리고, 불길의 세기가 고르지 않으면 맛이 아려 먹을 수 없게 된다. 급하게 몰아붙여서도, 한 쪽의 이야기만 들어서도, 한 번에 다 들으려 해서도 안 되는 이유가 여기에 있다.

어제까지 서산, 천안, 논산에서 「교육감과 함께하는 학부모-도민 원탁토론회」를 열어 500여 명과 의견을 나누었다. 토론에 앞서 '내 아이' 뿐 아니라 '우리 아이'를 생각하기로 합의했다.

'과거에는 상대방을 논리적으로 압도하여 나의 주장과 이념을 받아들이게 하는 것을 토론의 목표로 삼았다. 이제 이기는 것이 아니라 상대에게 무언가를 배우고 문제점을 발견하는 데 있다'는 박찬국 교수의 토론 목적에 전적으로 동의한다.

토론회에 참가한 교육공동체들은 작은 학교 살리기, 학교 시설과 환경개선, 담임교사와의 소통, 교사 · 학생 · 학부모 원탁토론회, 교장의 개인적 성향에 따라 새로 생겨나고 사라지는 학교정책 사업 등 교육전반에 걸쳐 적극적으로 의견을 제시하고 논의하였다. 교사들이 수업에 전념할 수 있도록 교육행정 업무를 줄이고 교사의 열정에 불을 지펴 달라며 구체적인 방안을 조목조목 제시할 때는 절실함과 전문성이 묻어났다.

서산 토론회에 참여한 학부모님 중 한 분은 그 동안 엄마들과 모여 하는 이야기의 대부분은 실력 있는 과외 교사와 입시학원에 대한 정보를 주고받는 것이었다고 말했다. 초등학교 학급회의 이후 토론회에 참여한 것은 처음이지만, 함께한다는 것이 지혜를 모으는 일이라는 것을 새삼 느꼈다고 덧붙였다. 충남교육청은 이미 두 번에 걸쳐 600명의 학생들과 원탁토론회를 진행하였다.

토론 결과를 수용하여 학생자치활동 예산을 추가 지원하였고 전국 최초 학생참여예산제를 실시하고 있다. 학부모의 과도한 사교육비 부담에 대한 고통, 교육정책의 잦은 변화에 대한 불안, 내 자녀 중심의 가정교육에 대한 반성, 학교와 학부모의 잘못된 관행을 내려놓자는 진심 어린 충고, 충남교육에 대한 바람을 적은 수천 장의 포스트잇이 모아졌다. 바닥에 떨어진 포스트잇을 주워 정성껏 다시 붙이는 토론 진행자, 틀린 맞춤법으로 써내려간 다문화가정 학부모의 호소에 답을 보내야 한다. 꼼꼼하게 정리하고 분석하여 정책을 수립하는 데 직접 반영하거나 충남교육의 큰 방향을 결정하는 데 적극 활용할 것을 약속했다.

〈충청투데이〉 시선(2015. 11. 5.)

똑같은 교복, 백 개의 심장

졸업의 계절 2월이다. 교육계의 달력에서 2월은 긴 겨울 방학과 개학, 졸업과 학년말 휴가로 어수선하지만 정리와 출발, 여유와 희망이 공존하는 달이다. 짧은 기간 집중적으로 졸업식이 치러지는 관계로 모든 학교를 찾아가 축하할 수 없어 짧지만 정성을 담아 졸업 축하 영상을 제작하였다.

'사람은 그림처럼 벽에 걸어 놓고 바라볼 수 있는 정적평면이 아니라 관계를 통하여 비로소 발휘되는 가능성의 총체'라며 신영복 선생님은 관계의 중요성을 강조하였다.

한편이 되어 백지 한 장이라도 맞들어 보고, 반대편이 되어 놀거나 싸워보지 않고 사람을 알려고 하는 것은 냄새를 만지려 하고 바람을 동이려하는 것과 같다는 것이다. 그동안 우리 학생들은 가정과 학교에서 많은 것을 배웠다. 배운 것과 자신이 살고 있는 이야기를 연결짓고, 사람과 사람 사이에서 꽃을 피워내고, 자신의 씨앗을 퍼뜨릴 수 있는 사람이 되려면 어떻게 해야 할까?

아이들에게 놀이는 밥이고 공부이며 관계 맺음의 시작이다. 유치원을 졸업하는 작은 꽃봉오리 같은 어린이들에게 노는 일을 거르지 않도록 힘껏 돕겠다고 영상으로 약속했다. 초등학교 졸업생들에게는 세상에서 가장 소중한 자신을 스스로 귀하게 여길 것을 당부했다. 또한 비 맞는 이웃과 우산을 나눠 쓰고, 때로는 힘든 친구를 위해 함께 비를 맞을 수 있는 사람, 잠든 토끼를 깨워 함께 갈 줄 아는 거북이가 되어 달라는 말을 전했다.

새로운 시작은 불안과 희망이 교차한다. 어린이에서 청소년으로 자라 새로운 출발점에 선 중학교 졸업생들에게 학교 공부는 물론 독서와 문화·예술, 동아리 활동도 즐길 줄 아는 멋진 청소년으로 성장해 줄 것을 당부했다. 충남교육의 울타리 안에서 12년 동안 소중한 꿈을 키워 대학 진학과 직장인으로 첫발을 내딛는 이 땅의 청년들에게 희망에 대해 이야기했다. 아메리카의 인디언들이 어려운 문제가 닥치면 둥그렇게 모여 앉아 함께 풀어가듯 동료, 이웃과 함께 대화하고 고민하면서 헤쳐가길 바란다. 희망은 여럿이 함께 만들어가는 것으로 마치 땅 위에 난 길과 같다고 한다. 본래 땅 위에는 길이 없었다. 걸어가는 사람이 많아지면 그 곳이 곧 길이 되는 것이다.

'백세 인생'이라는 노래가 유행이다. 백세 인생을 하루에 비유한다면 고등학교를 졸업하는 학생들도 아직 동이 트기 전인 새벽 다섯 시까지 밖에 경험하지 못했다. 학교 성적이 남은 시간을 결정짓는다는 생각은 잘못된 생각이다. 그러기엔 너무 긴 시간이다. 또한 태양이 머리 위에 있는 한 낮, 노을이 아름다운 저녁 무렵, 캄캄한 밤을 혼자 걷기엔 아주 먼 길이다. 사람과 사람, 사람과 자연, 사람과 공간이 관계 맺으며 가야 할 삶이다.

똑같은 교복을 입고 졸업식장에 앉아 있어도 그 안에는 수백의 다른 심장이 뛰고 있다. 심박 수가 빨라지는 관심 영역이 각기 다른 심장들이다. 같은 숲에 있다고 소나무, 밤나무, 단풍나무에게 모두 사과 열매를 맺으라고 강요해서는 안 될 일이다. 강요해서 될 일도 아니며, 모든 나무가 사과 열매를 맺는다면 그 또한 얼마나 큰 재앙인가?

교복을 벗고 사회와 대학으로 나아가는 청년들에게 사과 열매만 중요한 것이 아님을 말해주어야 한다. 이는 의사의 손과 환경미화원 손의 가치가 다르지 않음과 같다.

앞으로 충남교육청에서는 똑같은 교복 속, 각기 다르게 뛰고 있는 백 개의 심장 소리를 듣기 위해 노력할 것이다.

〈충청투데이〉 투데이포럼(2016. 1. 1.)

　리우 올림픽 10일째를 맞고 있다. 출발선에서 엉덩이를 치
켜들고 목표지점을 응시하는 육상선수, 날렵하게 몸을 말아
반환점을 도는 수영선수, 눕는 자세로 호로록 바를 타고 넘
는 높이뛰기 선수의 올림픽 영상을 보며 열대야를 잊는 사람
들이 많다.

　지금은 당연한 모습이 조롱거리였던 때도 있었다. 모든 선
수들이 서서 출발 자세를 취할 때, 두 손으로 땅을 짚고 엉덩
이를 높이 세운 채 출발을 기다리는 토머스 버크를 향해 사람

들은 야유를 보냈다. 비웃음 속에서도 포기하지 않고 연습하여 올림픽 2관왕이 되자 '크라우칭 스타트'에 대한 연구가 시작되었고 운동역학적으로 기록을 단축시킬 수 있는 출발자세로 인정받았다. 그리고 육상 단거리 출발의 기준이 되었다.

1930년대 초반 수영선수들은 턴을 하는 구간에서 누구나 손으로 벽을 짚고 돌았다. 턴을 하고 나서 속도가 떨어지는 것은 당연한 일이었다. 이때 텍스 로버트슨 선수는 '발로 턴을 하면 어떨까?'라는 새로운 생각을 해냈다. 턴 지점 1m 정도를 남기고 몸을 뒤집어 접고 발로 밀어내듯 터치하는 순간 가속도는 살아났다. 텍스 로버트슨의 생각 뒤집기 '폴립턴'은 수영의 패러다임을 바꾸었고 턴의 표준이 되었다.

누워서 넘는 높이뛰기는 역발상의 묘미를 제대로 보여줬다. 모두가 옆으로 뛰거나 앞으로 뛰어 바를 넘으며 한계에 부딪쳐 있을 때, 딕 포스베리는 달랐다. 도움닫기를 한 후 배를 하늘로 향하게 하여 거의 드러누운 자세로 바를 넘어 어깨로 착지하는 배면뛰기를 시도한 것이다. 포스베리의 누운 자세는 가장 게으른 선수라는 비난을 받았고 코치조차도 배면뛰기 하는 것을 말렸다. 하지만 꾸준히 연습한 결과 올림픽 금메달을 획득하였고 과학적 증명을 거쳐 높이뛰기의 상식이 되었다.

멀티미디어와 증강현실의 결합 속에서 생각 바꾸기는 더욱 폭발적인 힘을 발산한다. 학교 방문 중 여교사에게 휴가 계획을 물었더니 포켓몬을 잡으러 남편과 함께 일본에 다녀올 예정이라고 했다. 20~30대들이 유년시절을 보내던 1990년대에 포켓몬별 속성을 천자문 읊듯 줄줄 외우고 빵과 과자는 사서 버리고 봉지 속 포켓몬 스티커만 모으던 것을 떠올려 보면 놀랄 일도 아니다.

올해로 20년째인 포켓몬 탄생의 시작은 타지리 사토시의 어린 시절에서 찾을 수 있다. 내성적인 그는 혼자서 산과 들, 냇가와 방공호에서 곤충채집을 즐겼는데 그 이야기가 포켓몬스터의 원천이다. 여기에 눈으로 보이는 현실세계에 가상 물체를 겹쳐주는 증강현실 기술을 결합하여 포켓몬 마스터가 되고 싶었던 유년의 추억을 소환한 것이다. 게임은 실내나 제한된 공간에서만 할 수 있다는 생각을 뒤집어 호수, 공원, 박물관을 돌아다니며 탐색하고 함께 즐기며 포켓몬을 잡는 신개념의 놀이에 사람들은 대문을 열고 밖으로 나왔다.

'크라우칭 스타트', '폴립턴', '배면뛰기'는 코치나 감독이 가르쳐준 기술이 아니다. 당연하다고 여기며 기존의 기술만 익히는 대신 스스로 고민하며 탐구한 역발상의 힘이다. '포켓몬고' 역시 기계와 공간에 갇혀있던 사람들을 일으켜 걷게 하고 밖으로 나와 친구들과 어울리게 한 것은 낡은 생각을 빼내고 새로운 생각을 입힌 결과이다.

이는 하나의 교과서로 모든 학생들에게 똑같은 지식을 주입하는 교육으로는 불가능하다. 참학력은 교과 지식을 넘어 새로운 지혜를 발견하고 정교화하여 실생활에 유용하게 활용할 수 있는 능력을 키워주는 것이다. 모두가 상체를 세우고 높이뛰기 바를 넘을 때, 누워서 넘을 수도 있다는 생각을 하는 젊은이가 많아져야 한다.

〈충청투데이〉 투데이포럼(2016. 8. 16.)

하
얀
헬
멧
을
바
라
보
며

　사진작가의 꿈을 갖고 있던 시리아의 고등학생 칼리드 카
티브는 '시민을 구하는 시민', '하얀 헬멧'이 되었다. 2년 전,
피와 먼지로 범벅된 얼굴로 초점을 잃은 어린아이의 사진,
'세계를 울린 울지 않는 소년'을 세상에 알린 사람이 바로 이
청년 카티브다.
　지난 달엔 무너진 건물 속에서 12시간의 사투 끝에 갓난아
기를 구조한 하얀 헬멧의 눈물이 유튜브에 오르기도 했다.
미디어를 통해 하얀 헬멧이 알려지면서 내전 현장을 누비며
인명구조 활동을 펼친 공로를 인정받아 대안 노벨상을 수상

하였다. 대안 노벨상은 강대국의 영향력 아래 놓인 노벨상에서 탈피해 인류에 실질적으로 공헌한 사람이나 단체에 주어진다.

터키의 한 연구자는, '시리아에 쏟아지는 폭격과 파괴는 하루에 진도 7.6 규모의 지진이 50번쯤 일어나는 것과 같다'고 표현하며 그 참상을 이해시키려고 애썼다. 내전이 있기 전에 그들은 평범한 목수, 학생, 제빵사, 체육교사였다. 이들은 아비규환으로 변한 고국에서 민간인 구호를 위해 자발적으로 만들어진 시리아 민방위대로 무고한 사람의 목숨을 구하기 위해 자신의 목숨을 내걸고 하얀 헬멧을 썼다.

시민들은 유일한 보호장구인 흰색 헬멧을 애처롭게 여기며 '하얀 헬멧'이란 애칭을 붙여 주었다. 2013년, 스무 명 남짓했던 대원은 삼천여 명으로 늘었고 육만여 명의 귀한 생명을 구하는 기적을 만들었다. 그 과정에서 145명의 대원이 목숨을 잃고 400여 명이 부상을 당하기도 했다. 내전은 시간이 지날수록 불신의 골이 깊어져 편 가르기의 늪에 빠져들기 쉽다. 하지만 하얀 헬멧은 부상자에게, "당신은 누구의 편인가?"라고 묻지 않는다. 한 사람을 구하는 것은 인류를 구하는 것이라고 믿으며 전쟁터에 희망의 꽃을 피워내고 있다. 카디브 사진을 본 영국의 다큐멘터리 감독은 그에게 촬영 기술을 전수하고 장비를 지원했다. 전쟁 중에도 꿈을 잃지 않았던 그는 다큐멘터리를 제작하면서 자신의 영상이 전쟁을 멈추는 데 도움을 줄 것이라고 말했다.

우리 사회, 그중에서도 교육현장에는 하얀 헬멧을 기다리는 사람들이 많다. 교육을 통해 행복한 삶을 영위할 수 있도록 도와야 하는데 반대로 교육 때문에 행복을 포기하는 경우가 많아졌기 때문이다. 우리 아이들의 현실은 너무나 각박하다.

한국 청소년의 삶의 만족도는 OECD 국가 최하위이고, 시험 점수와 서열화로 형성된 학벌 문화의 벽은 견고하기만 하다. 점수 경쟁이 심해지면서 학생들은 러닝머신 위에 있는 것처럼 항상 뛰어야 하는 처지다. 포탄이 하늘을 가르고 콘크리트 잔해를 뒤집어쓴 사상자는 눈에 보이지는 않지만 교실과 책상 위에는 상처받은 학생들이 많다. 내신성적을 위해 자퇴와 검정고시를 고민하는 학생, 자녀 교육 때문에 이민을 생각한다는 사람, 최고의 교육을 시킬 자신이 없어 출산을 포기한다는 사람들이 생겨나고 있다. 그들에게 필요한 하얀 헬멧은 무엇일까?

조정래 작가는 하루에 1.5명의 학생이 학교교육을 받는 시기에 스스로 죽음을 선택하는 것은 교육의 병폐 때문이라며 하얀 원고지 수만 장을 채워 장편소설 〈풀꽃도 풀꽃이다〉를 세상에 내놓고 학생 구하기에 나섰다. 학생을 살리고 미래사회가 요구하는 학력에 대해 고민하고 공유하며 작은 헬멧 하나씩 나누어 갖기 위해 10월 17일 19시, 조정래 작가 초청 강연회를 천안 학생문화회관에서 개최하기로 했다.

교육현장에 필요한 하얀 헬멧은 멀리 있지 않다. 소나무에게 사과나무처럼 열매 맺으라 하지 않고, 사과나무에게 장미꽃을 피우라 강요하지 말고, 풀꽃을 사랑스러운 눈으로 지켜보는 교사, 학부모, 시민, 정치가, 공무원이 되는 것이다.

〈충청투데이〉 아침마당(2016. 10. 10.)

4차 산업혁명과 학교교육

세상은 변한다. 변화의 속도는 점점 빨라진다. 우리 학생들은 변화하는 인류가 축적해온 지식과 국영수 공부에 지쳐가고 있다. 미래학자 버크민스터 폴러는 '지식 두 배 증가 곡선'으로 인류의 지식 총량이 늘어나는 속도를 설명하였다. 그에 따르면 인류의 지식 총량은 100년마다 두 배씩 증가해왔다. 그러던 것이 1990년대부터는 25년으로, 현재는 13개월로 그 주기가 단축되었다. 2030년이 되면 지식 총량이 3일에 두 배씩 증가한다고 한다.

뇌 과학자인 카이스트 김대식 교수는 사람보다 인공지능이 한 수 위인 암기 위주의 국영수 교육에 치중하는 것을 걱정하며, AI시대에 가장 취약한 사람을 만들고 있다고 지적한다. 그는 2차 산업혁명이 진행 중이던 200년 전, 프랑스의 학생들에게 삽질을 가르치고 자동차가 달리는 시대에 마차 만드는 기술을 가르치는 것과 같다고 비유했다.

이제 4차 산업혁명이다. 우리는 그 서막으로 이세돌과 알파고의 대결을 지켜보았다. 알파고의 충격으로 우리사회는 인공지능과 함께 살아가야할 시대가 멀지 않았음을 깨달았다. 인간과 기계의 대결, 일자리 지형의 변화, 부와 권력에 의한 인공지능 쏠림현상 등 많은 우려 속에서도 4차 산업혁명에 대한 관심이 높아졌다.

4차 산업혁명은 인공지능, 로봇과학, 사물인터넷, 자율주행 자동차, 3D 프린팅 등의 기술이 융합·발전하여 지능형 사이버 물리 시스템이 생산을 주도하는 사회구조이다. 이는 기계화와 자동화로 인간의 수고는 줄여주고 생산성은 높였던 과거의 산업혁명과는 차원이 다르다. 기계가 인간 지능의 일정한 범주를 가지게 되는 획기적인 일이다.

영국 캠브리지대학 교수 존은 "이제 교육과 학교는 동의어가 아닌 세상이 될 것이다. 학교가 미래에도 존재한다면 지금과는 매우 다른 목적을 수행하게 될 것이다"라고 말했다. 학교는 사라지지는 않는다고 전문가들은 말한다. 하지만 9시에 등교하여 같은 또래, 정해진 교실, 고정 시간표에 맞춰 수업을 하고 야간자습까지 마친 후 일제 귀가하는 학교의 모습은 아닐 것이라고 입을 모은다.

구글 직원이었던 맥스 벤틸라가 세운 알트 스쿨(Alt School)은 나이가 아니라 아이의 흥미와 특성에 따라 반을 나누어 맞춤식 수업을 전개하고 교사, 학생, 학부모는 디지털 플랫폼에서 만나 소통한다. 고등교육기관인 미네르바 스쿨은 100% 온라인 수업으로 이루어지지만 학생들은 기숙생활을 하는데 1년에 한 번씩 국가를 옮겨 다니며 다양한 체험을 한다.

우리나라에도 연예기획사인 SM과 종로학원이 서울에 'K팝 국제학교'를 설립하고 내년 첫 신입생을 뽑기로 했다. 그동안 연예인 지망생들은 '연습생'이란 이름으로 학교에 적(籍)만 두고 제대로 등교하지 않아 문제가 됐다. '공부하는 연예인'으로 성장할 수 있도록 예술 실기 수업은 SM에서, 국어, 수학 등 학과 수업은 종로학원에서 맡기로 했다.

학교의 형태도 다양해지고 있지만 교실 수업이 먼저 열려야 한다. 일등주의와 서열화, 암기식 지식 전달교육, 획일적이고 폐쇄적 교육의 틀을 걷어내는 일에 국민적 합의를 이루어야한다. 책상과 교과서 속에서 정보를 습득하고 처리하는 수준을 넘어 자발적인 문제의 발견과 해결, 학습내용에 대한 심화와 확장이 이루어져야 한다.

정해진 조각을 맞춰 평면의 그림을 완성하는 직소퍼즐보다 각기 다른 부품을 선택·조립하여 창의적인 조형물을 만들어가는 레고와 같은 입체적인 수업이 이루어져야 한다. 기계가 지능을 입고 인간을 닮아가는 시대에 학생을 공부기계로 만들어서는 안 될 일이다.

〈충청투데이〉 아침마당(2016. 11. 7.)

먹는 것이 공부보다 먼저다

아침밥 먹고 힘내자

오늘 아침밥은 드셨나요?

등교맞이를 위해 중학교를 방문했을 때 본 승용차 안의 풍경이 잊히지 않는다. 죽이나 김밥을 먹고 있는 학생과 운전을 하면서 한 입이라도 더 먹이려는 엄마와의 실랑이가 한참이다. 이렇게라도 먹을 수 있다면 다행스런 일이라 생각하며 이현주 시인의 '밥 먹는 자식에게'라는 시를 떠올렸다.

"천천히 씹어서/ 공손히 삼켜라./ 봄부터 여름 지나 가을까지/ 비바람 땡볕 속에 익어온 쌀인데/ 그렇게 허겁지겁 먹어서야/ 어느 틈에 고마운 마음이 들겠느냐.”

지난 6월, 질병관리본부는 매일 아침밥을 먹는 학생은 그렇지 않은 학생보다 수능시험의 언어, 수리, 외국어 영역 평균점수가 남학생은 6.4점, 여학생은 8.5점이 더 높게 나왔다고 발표했다.

특히, 아침을 전혀 먹지 않는 여학생은 외국어 영역에서 고득점을 얻을 확률이 매일 먹는 학생의 5분의 1에 불과했다. 꼬박꼬박 아침밥을 챙겨 먹는다는 것은 규칙적인 생활과 자기 관리가 가능하다는 말이다. 아침밥을 먹는 것은 책가방을 챙기는 것만큼 중요하다.

먹거리가 넘쳐나는 세상을 살면서 먹방과 쿡방에 열광하는 우리나라 청소년 열 명 중 세 명은 아침밥을 거르고 있다. 학생들의 인성과 사회성, 체력과 성적 향상을 위해 아침밥은 ‘선택’이 아니라 ‘필수’다. 이에 충남교육청과 충청투데이는 아침밥 먹기 공동 캠페인, 「아침밥 먹고 힘내자!」를 추진 중이다.

지난 달, 본격적인 캠페인 운영에 앞서 학생과 교사, 학부모와 기자가 함께하는 ‘아침밥 먹기 토론회’를 가졌다. 아침밥을 먹지 않은 학생들은 오전수업엔 집중력이 부족하고, 점심식사 후엔 조는 학생이 많다고 교사들은 입을 모았다.

아침밥을 먹지 않으면 포도당이 부족해져 몸 속에 있는 지방을 분해해 에너지원으로 쓰게 되는데, 이때 젖산이 쌓여 피로감이 배가 된다는 영양교사의 부연 설명도 있었다. 아침밥을 먹는 학생 중에 공부 못하는 학생은 있어도 공부 잘하는 학생 중 아침밥을 굶는 학생은 별로 없다는 것이다.

아침밥을 못 먹는 이유에 대해 고등학생 토론자는 학생의 의지 문제라며 부모님이 바쁘실 때는 자신이 직접 차려 먹는다는 당찬 모습을 보이기도 했다. 하지만 또 다른 학생은 수면 부족으로 입맛이 없고 아침식사 할 시간이 부족하다며 등교시간을 더 늦추거나 야간자율학습을 줄여 귀가 시간을 당겨달라고 건의했다. 이밖에도 아침밥은 다이어트와 변비, 성인병 예방에 도움을 주고, 쌀 소비량을 늘릴 수 있다는 긍정적인 이야기를 주고받았다.

아침밥은 가족 사랑의 시작이다. 학교와 일터로 나서기 전, 온 가족이 함께 식사를 하며 이야기를 나눈다는 것은 음식물 섭취 차원을 넘어서는 일이다. 그것은 사랑이며 교육이다. 하버드대학교 캐서린 스노우 박사의 연구에 의하면 만 3세의 어린이가 책읽기를 통해 140개의 단어를 배울 때, 가족 식사를 통한 대화에서는 1,000여 개의 어휘를 습득한다고 한다. 전국 100개의 학교 전교 1등 학생의 경우 주당 가족식사 횟수 6회 이상이 73%로 조사되었다.

옛말에 '아침은 임금처럼, 점심은 머슴처럼, 저녁은 거지처럼 먹어라.'는 말이 있다. 하지만 많은 학생들이 걸인의 아침식사를 하고 있다. 아침밥 먹기와 밥상머리교육을 위해 충남교육청에서는 8시 30분으로 늦춘 행복등교시간과 희망자 중심 야간자율학습을 운영하고 있다. 학부모와 학생의 인식전환과 공감대 형성을 위한 연수와 캠페인도 필요하다. 동아리활동과 창의적체험활동 시간을 이용하여 학생 스스로 간단한 식사는 해결할 수 있도록 실습 중심의 맛있는 수업도 전개하고 있다.

먹는 것이 공부보다 먼저다.

〈충청투데이〉 아침마당(2016. 12. 5.)

마당을 나온 암탉의 소망

까마득한 날에
하늘이 처음 열리고
어데 닭 우는 소리 들렸으랴.

정유년, 붉은 닭의 해가 밝았다. 이육사의 시 '광야'에서처
럼 닭의 울음소리는 한 시대의 시작을 알리는 서곡으로 비유
되곤 한다. 지난해를 돌아보면, 4차 산업혁명을 예고하는 알
파고와 인공지능의 충격, 역사교과서 국정화 논란, 국정농단

과 교육농단, 광장 민주주의와 천만 촛불…. 국가적으로나 교육적으로 힘든 시간이었다. 2017년 새해를 깨우는 닭 울음소리가 어둠을 밀어내고 희망을 알리는 서곡이 되길 바라는 마음으로 학생들과 윤독했던 책, 〈마당을 나온 암탉〉을 다시 펼쳤다.

알 낳는 기계가 되어 하루도 빠짐없이 알을 낳지만 또르르 굴러 철망 끝에 걸리는 것을 바라볼 뿐 한 번도 자신의 알을 만져보지 못하는 양계장의 닭이 있다. 양계장 문 밖으로 보이는 나무를 보고 잎사귀는 꽃의 어머니라고 생각하며 스스로 '잎싹'이라는 이름까지 지은 암탉은 알을 품어보는 것, 햇살 가득한 마당에서 자유롭게 살아 보는 것이 소망이다.

더 이상 알을 낳을 수 없는 병든 몸이 되어서야 닭장을 나오지만 죽음의 구덩이에 버려지고 만다. 놓지 않은 희망의 끈과 청둥오리의 도움으로 간신히 살아나지만 위계질서가 견고한 마당은 자유와 공존의 공간이 아니라 폐쇄적인 패거리 문화와 곁을 내주지 않는 각자도생의 공간이었다. 마당을 떠나 가시덤불에서 족제비에게 희생당한 청둥오리와 집오리가 낳은 알을 사랑으로 품고 모성으로 키워 세상을 향해 날려 보낸다. 나이 들어 읽어도 여전히 가슴 떨린다.

'잎싹'은 편안하고 익숙한 양계장 생활을 포기하고 닭장을 나와 마당으로, 마당에서 숲으로, 다시 저수지로 나아가며 변화와 혁신을 통해 자아를 발견하고 성찰하며 끝내 꿈을 실현한다. '잎싹'이 그랬듯이 충남교육은 올해도 관행과 안주를 걷어 변화를 시도하고, 경쟁을 덜어 성장으로 채우는 학교혁신에 집중할 것이다. 또한 학생 스스로 삶의 길을 찾아가는 학력, 배움과 삶이 일치하는 참학력으로 막연하고 두려운 미래가 아니라, 희망의 미래를 준비하도록 도울 것이다.

청둥오리와 집오리 사이에서 태어나고 닭이 키운 아이, '잎싹'의 아들인 '초록머리'는 성장하면서 극심한 정체성 혼란을 겪는다. 마당의 집오리에게도 찾아가고 겨울철 떼 지어 날아온 청둥오리 무리에도 끼어보지만 여전히 힘들어하는 '초록머리'를 보며 다문화 학생들이 떠올랐다. 충남의 다문화 학생은 작년보다 17% 증가한 7,141명이다.

우리교육청은 다문화교육정책학교, 이중 언어교육, 유관기관과 연계한 다양한 교육과 학생·교원 다문화 이해교육을 추진하고 있다. 하지만 무엇보다 중요한 것은 사춘기와 문화지체를 동시에 겪는 다문화 학생을 '잎싹'처럼 가슴으로 품는 일일 것이다. 다문화교육은 세계시민교육, 민주시민교육으로 공존과 공영을 배우는 살아있는 교육이다.

'한 가지 소망이 있었지. 알을 품어서 병아리의 탄생을 보는 것! 그걸 이루었어, 고달프게 살았지만 참 행복하기도 했어. 소망 때문에 오늘까지 살았던 거야'라는 '잎싹'의 마지막 독백은 그 여운이 길다. 소망은 변화를 끌어내는 동기이며 추진동력이다. 알을 품고 싶다는 소망으로 기적처럼 닭장을 나왔고 간절한 이상향이었던 마당에서도 스스로 걸어 나올 수 있지 않았던가.

늙은 암탉 '잎싹'이 소망을 이루자 아들 '초록머리'의 꿈도 이루어졌다. 꿈이 있는 부모가 자녀를 꿈꾸게 하고, 꿈꾸는 교사가 미래역량을 가진 학생으로 성장하도록 돕는다. 새해를 맞이하여 마당을 나온 암탉 '잎싹'처럼 충남의 교육가족과 도민 모두, 소망의 새신을 신고 마당을 지나고 강을 건너 꿈을 향해 펄쩍 뛰어 오르길 바란다.

〈충청투데이〉 투데이포럼(2017. 1. 2.)

18세, 선거하기 딱 좋은 나이

　민주주의의 역사는 선거권 확대의 과정이었다. '뇌가 작은 흑인은 정치적 사안을 제대로 이해할 수 없다'는 터무니없는 논리로 흑인의 참정권과 인권을 억제했던 적도 있었다. 오늘날 우리사회에는 '18세 청소년에게 참정권은 입시 준비와 학업이라는 학생의 의무에 반하는 것'이라고 주장하는 사람들이 있다. 선거권으로 본다면 우리나라는 정치 후진국, 민주주의 후진국이다.

　최근 선거권 연령을 만 18세로 확대하자는 논의가 활발하다. 지난해 8월, 중앙선관위도 선거권 연령 18세 확대를 제안했다. 중앙선관위는 "정치 사회의 민주화와 교육수준의 향상, 인터넷 등 다양한 대중매체를 이용한 정보교류가 활발해진 사회 환경으로 인해, 18세에 도달한 국민은 이미 독자적 신념과 정치적 판단에 기초해 선거권을 행사할 수 있는 능력과 소양을 갖추고 있다"라고 했다.

선거 연령 확대는 세계적인 추세다. 전 세계 232개국 중 215개국이 16~18세 이상을 선거권 부여 기준으로 삼고 있다. 경제협력기구(OECD) 35개 회원국 가운데 선거권 부여 기준이 19세 이상인 나라는 대한민국뿐이다. 일본도 젊은 세대의 목소리를 반영하기 위해 2015년 선거 연령을 18세로 확대했다.

국민의 기본권은 확대가 답이라는 생각으로 지난 달 19일, 전국 시·도 교육감협의회에 '선거 연령을 18세로 확대하는 법 개정을 촉구하는 성명서'를 총회 안건으로 제출했다. 학생과 학교현장, 사회 성숙 정도를 고려한 깊이 있는 토론을 거쳐 만장일치로 성명서를 채택하여 교육계의 통일된 입장을 발표했다.

선거권 연령은 공동체의 시민으로 인정받는 자격을 결정하는 기준으로 정치적 계산이 작용해서는 안 된다. 세계적으로 볼 때 18세가 가장 보편적인 선거권 연령으로 보인다. 내가 만난 청소년들은 스스로 정보를 수집·분석하고 협력하며 문제를 해결할 줄 아는 합리적인 시민이었다. 우리나라의 18세 국민이 유독 다른 국가의 같은 연령에 비해 정치적 판단능력이 미흡하다는 것은 자국민을 무시하는 처사로 납득할 수 없다.

대한민국의 18세는 무엇을 할 수 있을까. 민법, 병역법, 공무원임용시험령에 의해 결혼도 가능하고, 군대도 갈 수 있으며, 공무원이 될 수도 있다. 보육원에 있던 청소년은 퇴소하여 의식주는 물론 정치, 경제, 교육의 모든 문제를 스스로 해결하며 자립해야 하는 나이다. 그런데 선거권만 없다. 공무원이 되어 공무를 수행할 수 있다면, 선거가 갖는 법적·정치적 의미와 후보자를 선택할 수 있는 판단 능력도 갖추었다고 봐야 할 것이다.

선거권을 확대해야 하는 중요한 이유가 또 있다. 그것은 18세 청소년들이 원한다는 것이다. 지난 해 10월, 한국 YMCA 청소년 대표자회의가 전국의 청소년 1,264명을 대상으로 참정권 의식 조사를 실시하였는데 75%가 18세 선거권 부여에 찬성했다고 한다. 촛불광장을 지나면서 참정권을 요구하는 낭랑 18세의 목소리는 더 굵어졌다.

나아가 미래를 살아갈 세대의 의사를 반영할 수 있는 제도적 절차를 마련해야 한다. 고령화가 빠르게 진행되고 있는 상황에서 세대별 유권자 층의 균형과 여론의 다양성 확보는 세대갈등 극복과 국민 대통합을 위해서도 꼭 필요하다.

　교육의 목적은 민주시민 양성이다. 민주국가 발전의 동력은 민주시민이다. 민주시민은 지속적인 교육을 통해 성장하고 참여를 통해 성숙한다. 18세 국민에게 선거권을 부여하는 일은 공동체에 대한 정체성과 책임의식을 갖게 하는 일이며, 성숙한 민주시민으로 성장하게 하는 일이다. 선거는 참여와 민주적 의사 결정, 그리고 결과에 대한 책임을 배우는 민주주의의 산교육이다.

〈충청투데이〉 투데이포럼(2017. 2. 6.)

무궁화 심으과저

　인류 역사에서 민족의 이름으로 특정 식물이 가혹한 수난을 받은 것은 무궁화가 유일할 것이다. 일제강점기 때는 가까이 하면 눈병과 피부병이 걸린다며 '눈의 피 꽃', '부스럼 꽃'이라는 누명을 씌워 멀리하게 했다. 1921년 9월 잡지 〈개벽〉에 실린 한용운의 옥중 시, '무궁화 심으과저'는 무궁화를 키우거나 노래하는 것조차 허락지 않던 시대의 아픔이 서려있다.

달아 달아 밝은 달아
넷나라에 비춘 달아

쇠창을 넘어 와서
나의 마음 비춘 달아
계수나무 버혀 내고
무궁화를 심으과저.

　나라마다 그 나라를 상징하는 나라꽃이 있다. 국화가 정해
지는 것은 법으로 공식화되기도 하지만 대부분의 나라에서
는 역사 · 문화적으로 관련이 깊은 꽃을 국화로 정한다. 우리
나라도 마찬가지다. 무궁화가 국화로 정해진 것은 법이나 제
도적으로 이루어진 것은 아니다. 하지만 우리는 '무궁화 무궁
화 우리나라 꽃'이라는 동요를 부르며 자랐고, '무궁화 삼천
리 화려강산'이라는 국가를 부르며 살고 있다.

　이상희 작가는 〈꽃으로 보는 한국문화〉라는 저서에서 무
궁화의 생태적 특성이 우리의 민족정신과 여러 면에서 닮았
다고 말한다. 옥토와 황무지를 가리지 않고 악착같이 뿌리내
려 꽃을 피우는 무궁화는 동절기 외에는 어느 때 옮겨 심어
도 잘 자란다. 5천년을 이어온 우리민족의 끈기와 무궁화의
생명력이 겹쳐진다.
　대부분의 꽃들은 한꺼번에 피었다가 일시에 진다. 하지만
무궁화는 7월부터 넉 달 가까이 피고 지기를 계속한다. 무궁

화 꽃 한 송이는 이른 새벽 태양과 함께 피어나 저녁놀과 함께 하루 만에 지지만 다음날 아침, 새로운 태양을 맞아 새 꽃이 피어난다. 보통 크기의 나무가 하루에 50송이 정도의 꽃을 피운다고 하니, 100여 일 동안 피운 꽃을 합치면 한 해 5,000여 송이가 된다. 다른 화목과는 견줄 수 없는 긴 화기(花期)로 '무궁(無窮)'이라는 이름을 얻었다.

식물에게 한여름의 더위는 혹한만큼이나 큰 시련이다. 꽃이 귀한 한여름, 그늘로 숨지 않고 꿋꿋하게 피어나는 무궁화를 '꽃의 소나무'라 부르기도 한다. 또한 무궁화는 꽃 지는 자리가 단정하다. 해질녘이면 꽃 피기 전 봉오리 모양으로 꽃잎을 오므려 꼭지 채 쏙 빠져나온다. 강인하고 단아한 것이 우리네 선조의 심성이다.

나무 심는 계절, 4월이다. 식목일을 맞이하여 충남교육청은 무궁화동산을 만들고 있다. 사람의 왕래가 잦고 햇볕이 가장 잘 드는 곳을 골라 땅을 일구고 묘목을 구입하다보니 '무궁화 동산'이라는 노래를 만들어 고무줄 놀이하는 아이들과 함께 불렀을 남궁 억 선생이 생각난다. 모곡학교 교장으로 우리의 역사를 가르치고 교정에 무궁화를 심고, 시를 가르쳤던 남궁 억 선생. '무궁화동산 사건'으로 묘목 8만 주가 불태워지고 투옥되는 바람에 조선 땅에 심지 못하고 국민들의 가슴에 심을 수밖에 없었던 그 꽃. 이제 우리가 가꾸어야 한다.

　2017 나라사랑교육 추진 과제 중 하나로 '무궁무진 나라꽃 피우는 학교 만들기' 사업을 추진 중이다. 무궁화 묘목을 무상으로 공급한다는 삼림청의 공문에 140개 학교가 희망했다. 우선 미선정교를 중심으로 3천만 원을 지원하여 식목일에 무궁화 묘목 식재를 실시하기로 했다. 앞으로 도내 모든 학교에 무궁화동산, 무궁화 등굣길을 만들어 학생들과 함께 가꿔 갈 것이다. 또한 외부기관과 업무협약을 체결하여 무궁화 묘목을 재배·보급하는 방안도 모색하고 있다.

　학교에 무궁화를 심는 것은 아이들의 마음에 심는 것이고, 바위섬 독도에 무궁화를 새겨 넣는 것과 같다. 무궁화 등굣길을 만드는 것은 민주시민의 길, 통일조국의 길, 민족화합의 길을 내는 일이다.

　나라꽃 피우는 학교, 무궁화 심으과저.

〈충청투데이〉 투데이포럼(2017. 4. 3.)

생태적 감수성을 키우기

굽은 강줄기가 반듯해지면 물고기의 등이 휠 수도 있다. 자판기에서 종이컵 커피를 뽑는 데는 20초, 나무가 자라는 데는 20년이 걸린다. 이제 먹는 물과 미세 먼지, 생활 화학제품 안전관리 소홀과 방사능 유출 등 환경문제는 우리사회 최대의 이슈가 되었다. 인류의 생존과 직결되는 환경교육이 미래사회를 대비하는 핵심교육으로 자리 잡아 가고 있다.

환경교육은 자원고갈, 기후변화, 자연재해, 생물다양성 감소 등 새로운 문제의 부각으로 환경보전에서 환경복지로 그 중요성과 역할이 확대되고 있다. 환경복지는 오염물질 관리나 환경보전의 수준을 넘어 모든 사람이 건강하고 쾌적한 환경을 누릴 권리를 가진다는 원칙에서 출발한다. 사회복지가 개인의 노력만으로 불가능하듯, 환경복지 역시 개인의 실천과 사회 국가적 노력, 그리고 교육을 통해 실현될 것이다.

교사가 생태적 감수성을 지니고 있으면 학생은 풀 한 포기도 귀하게 여기고, 급식 시간에 먹을 만큼만 가져간다. 미래에너지에 대해 고민하는 학생은 아무리 바빠도 체육시간에 교실을 나서기 전, 전원 스위치를 내린다. 환경교육은 의식과 태도의 변화, 참여와 실천이 수반될 때 의미를 갖는다. 교사와 학생이 동아리를 조직하여 학교와 지역사회의 환경문제에 대해 토론하고 실천한다면 더욱 효과적일 것이다.

충남교육청은 교실 안에서의 환경교육뿐만 아니라, 교정의 나뭇잎 하나, 꽃잎 한 장에도 다정한 눈길을 주고, 마을 실개천의 비밀을 찾아가는 '환경사랑 학생동아리'를 운영하고 있다. 친환경적 가치관과 생태적 감수성을 키우기 위해 동아리 운영 교육 자료를 발간 · 보급하고, 환경동아리를 위한 학교예산 편성을 권고하였다.

'홍성천과 친구 되기'는 청정홍성21지속가능발전협의회와 함께하는 홍성지역의 학생 연합 동아리다. 홍성천 수질은 유속조사와 수질탐사에서는 3급수와 4급수 사이로 보이지만, 수서생물의 서식 상황으로 보면 2급수에서 3급수 사이로 차이가 있다는 보고서를 작성하였다. 좀 더 긴 시간을 두고 유속과 수질, 생물 개체수의 변화를 탐사하여 홍성천의 정확한 수질을 파악하고 개선방법을 찾겠다며 내년 계획을 수립했다고 한다. 생태지도를 그리면서 '지구적으로 생각하고 지역적으로 행동하자'라는 말을 덧붙이기도 했다.

'생태두더지' 동아리의 텃밭 프로그램, '우리가 차리는 밥상'도 인상적이다. '씨감자' 노래를 배우고 '씨감자'를 부르며 하지감자를 심고, 포실포실하게 삶아먹는 활동까지 정성이 깃든 밥상이다. 텃밭을 일터이자 놀이터로 삼는다는 아이가 일지에 기록한 '옥수수는 눈길을 주지 않을 때 더 잘 자라는 것 같다'라는 한 줄 글의 울림도 크다.

2015 개정 환경교과에서는 개인과 사회, 자연과학과 인문학을 통합하여 환경교육 목표를 제시하였다. 서천행복교육지구의 '감성 충전! 3색 생태체험학습'은 지역의 생태자원을 활용한 환경교육으로 '학습자가 자신의 주변과 지역 환경에

대한 탐구를 통하여 인간과 환경의 관계를 이해하고…'라는 중학교 환경교과 목표에 충실하다.

서천행복교육지구의 국립생태원·희리산휴양림과 연계한 자연생태체험학습, 국립해양생물자원관·갯벌체험장과 연계한 해양생태체험학습, 문헌서원과 월남 이상재 선생 등 인문자원과 연계한 인문생태체험학습은 마을교육생태계 복원에도 기여하고 있다.

충남교육청은 미래핵심역량인 생태적 감수성을 갖춘 미래인재 육성을 위해 1교 1환경사랑 동아리 조직, 환경교과 선택 권장, 에너지절약 지킴이 활동을 추진하고 있다. 숲을 파괴하는 것은 나무만 죽이는 것이 아니라는 것을 알아가는 중이다. 환경교육은 공존과 공영, 민주적인 삶과도 통한다.

〈충청투데이〉 투데이포럼(2017. 5. 11.)

두만강 푸른 물

일송정 푸른 솔과

광복절을 앞두고 열 명의 고등학생들과 카페에서 만났다. 한 학생의 손에 들려 있는 '2017 창의융합형 인문학기행 워크북'을 펼쳐봤다.

"생각이 바뀌고 앎이 바뀌어야, 삶이 바뀌고 세상을 바꿀 수 있습니다. 그러니 여러분이 찾아야 할 인문학의 힘은 다양하게 생각하고, 여러 가지 앎들을 엮어보고 따져보는 것입니다. 그냥 거죽만 보는 게 아니라 이치를 따지고 그것들이 어떻게 생겨났는지, 지금 우리의 삶에서 어떻게 작용하는지를 짚어보면 우리가 무엇을 더 배우고 익히며 살아가야 할지를 깨닫게 되는 겁니다.(김경집)"

— 충남교육청 인문학기행 자료집 서문 일부.

충남의 60여 학생들은 세상 어디에도 없는 여행 상품, 충남교육청과 교사, 학생들이 함께 디자인한 명품 캠프, '창의융합형 인문학 기행'을 다녀왔다. 대련에서 시작해서 단동, 연길, 용정, 하얼빈, 블라디보스토크에 이르기까지 수천 킬로미터를 버스로 이동하고, 야간열차로 대륙을 횡단하며 교과서의 역사를 발로 읽고 가슴에 새겼다. 10박 11일 동안 웅대했던 고구려와 발해, 독립운동가의 발자취, 일제의 학살과 생체 실험 현장, 손에 잡힐 듯한 북한 땅을 바라보며 동북아의 큰 그림을 그려보고 통일 조국을 떠올렸을 것이다.

뤼순감옥 안중근, 용정중학교 윤동주, 집안시의 광개토대왕과 장수왕, 연해주 신한촌의 이상설과 최재형, 백두산 천지, 일송정 푸른 솔과 두만강 푸른 물을 만나고 돌아온 지 10일째 되는 날이다. 인문학기행에 참가했던 학생들을 만나 기억에 남는 일과 아쉬웠던 점, 내년에 참가할 후배들을 위한 제안의 자리로 간담회를 마련했다. 솔직히 말하자면, 학생들의 이야기를 듣고 싶어 데이트를 신청한 것이다.

'독립운동, 펜이냐 총이냐'라는 주제로 사전활동을 전개했다는 〈코레아우라(대한독립만세)〉 모둠의 여학생은 시가 무기가 되고 저항이 되던 시대를 산 윤동주 시인의 교실과 묘소에서 시를 낭송했던 것이 기억에 남는다고 했다. '동북공정에 대항하여 우리역사 바로알기'라는 주제로 토론했다는 학생은 강한 어조로, "광개토대왕릉비와 고분에서 우리말로 설명하시는 선생님을 강하게 제지하는 중국 현지 경찰과 발해 상경 용천부의 유물을 공개하지 않는 것을 보면서 동북공정은 현재 진행형이라는 것을 확인했습니다"라며 얼굴을 붉혔다.

'사라져가는 것들에 대하여(독립운동 사적지 활성화 방안)'라는 주제로 기행에 참가했던 〈감탄史〉 모둠 학생은 잡초만 무성한 청산리 전투 현장과 연해주 어느 독립운동가의 허물어져 내리는 옛집에서 자랑스러움보다 죄송함이 앞서 눈을 감았다고 했다. '재중동포의 과거와 현재 알아보기'를 위해 인터뷰를 준비했던 〈볼 빨간 열일곱〉 모둠의 학생은 계획서 작성 단계에서부터 현지 학생과 동포들의 만남을 기대했는데, 일정에 쫓겨 질문하고 교류할 시간이 부족했다며 충분한 시간과 여유를 요구하기도 했다.

"이제 '일송정 푸른 솔은 늙어 늙어 갔어도~', '두만강 푸른 물에 노 젓는 뱃사공~'이라는 노래를 그냥 흘려들을 수 없게 되었어요."

"서파와 북파로 백두산을 올라 천지의 신비로움과 장엄함을 보았는데, 빨리 통일이 되어 우리 땅인 동파로 천지에 가고 싶어요."

"선구자를 합창하던 일송정 언덕에서 강원도 원주가 고향이라는 팔순의 할머니께서 건네주셨던 눈물의 옥수수가 잊히지 않아요."

모둠별 보고서와 개별 글은 책으로 엮어 출판기념회를 끝으로 인문학기행은 마무리될 것이다. '창의융합형 인문학기행'이 동북공정에 대한 피해 의식과 민족주의를 넘어 동아시아의 평화를 말하고 통일 한반도를 이끌어가는 청년으로 성장하는 디딤돌이 되길 바란다.

〈충청투데이〉 투데이포럼(2017. 8. 14.)

소녀시대 해후 스토리

울보 총각 김 선생의

강병철 · 작가

1976년 11월 3일 '학생의 날',

2급 정교사 발령장으로 첫 출근하게 된 날짜부터 숙명일까, 그는 꿈나무들과 지지고 볶는 드잡이를 업으로 평생을 보내는 팔자인 줄만 알았었다. '하루 인생의 시계추'로 오후 여섯 시도 훌쩍 넘었는데 그는 출석부 든 채 분필을 먹고 도시락 검사를 하면서 아이들 눈동자 꿰맞추는 꿈을 버린 적이 전혀 없다. 모두들 사라진 그리움의 추억일까, 불안했던 기억도 늘상 옆구리에 끼고 살긴 했다. 총각 선생이었던 그가 순식간에 60대 중반을 넘겼으니 세월이 빛의 속도다.

온다던 비가 달포 째 오지 않던, 그 초여름은 지리했다. 그 래서일까, 그의 첫 발령지 태안여중으로 41년 만의 '등짐진 환향'이랄까, 그렇게 옛 발령지에 두려움과 설렘이 혼재된 가슴으로 입(入)하면서, 무심히 교실 문을 열었을 뿐이다. 이상하다. 돌아온 빈 교실에서 판도라 상자처럼 술렁이는 촉감을 느낀 것이다. 출입문이 열리는 순간 빈 교실 어디쯤에서 아, 하는 탄성을 감지했던 것도 같다.

무엇일까, 연출된 드라마 같은 감탄사,
'아', 하는 탄성이 엄청난 울림으로 지축을 흔드는 것이다. 제자들이다. 교탁 가운데 쪽으로 장년의 아낙이 된 옛 소녀들이 숨은 그림으로 옹기종기 웅크려 있다가 짠, 하고 '깜짝 쇼' 정체를 드러낸 것이다. 그랬다. 그미들의 이마에서도 마찬가지로 40년의 흔적이 선명하게 나타났으니 그게 세월이다. 젖은 눈시울과 웃는 입술, 어디선가 많이 만났던 그 스크린은 TJB 대전 방송의 연출이 아니라 왠지 오랜 숙명으로 예고된 재회의 풍경 같다.

모범생 정희, 애교쟁이 명숙, 깻잎머리 정옥, 요조숙녀 옥자, 귀염둥이 혜경 … 어느새 갱년기 아낙이 된 사춘기 소녀들의 재상봉이라니, 울보 스승의 눈시울이 먼저 젖는데 어느새 그 옛날 소녀들의 발갛게 상기된 볼도 그렁그렁 울음보가 터질 것 같다. 초로의 스승은 더듬더듬 아득한 시국을 떠올리다가.

"지금 어디 계시나?"

"저는 근흥초등학교에서 근무하고 있어요, 선생님."

장년의 아낙이 말문을 간신히 꺼낸 채 어깨를 떨고 있는데,

"지금 내 앞에 있잖아."

하필 흘러간 아재개그로 모처럼 추억의 스크린을 되새김질하는 중이다. 이번에는 수수꽃다리 후리늘씬 여인에게,

"뭐 하시나?"

"조그만 마트 해요."

수수꽃다리 새까만 눈망울도 그렁그렁 넘치는데.

"지금 나랑 악수 하고 있잖아."

또 설렁 멘트다. 쨍그랑쨍그랑 유리창 깨지는 웃음보 터트리던 소녀들이 40년 연륜답게 수탉 같은 목청을 구구구 털어내면서 한꺼번에 화답의 예를 표한다.

'큰 바위 얼굴' 두상과 보름달 웃음, 수시로 변조되는 저녁놀 두 뺨 색깔까지 필시 토종 국산이지만, 기실 그의 전공은 영어 과목이다.

"attention"

"bow"

40년 전처럼 반장 콩쥐가 원조 발음으로 인사를 올리자 나

머지 장년의 아낙네들 그림자가 동시에 휘청 고개를 숙인다. 황홀하다.

"good morning, teacther."

"good morning, girls."

칠판 앞에 선 스승의 자세가 전혀 녹슬지 않았으니 그는 뼛속까지 오리지널 평교사 체질이었음이 틀림없다. '참회록' 영작 시간이라 더 리얼했었고.

"Let me introduce today's poem written by Youn dongju."

'잎새에 이는 바람에도 나는 괴로워했다.'

얼마나 사무치면 '잎새에 이는 바람'조차 심장을 빠개지게 흔들어놓을 수 있을까. 사춘기 시절부터 아리고 시리던 그 문장이 초로에 접어들수록 강철처럼 튼튼하게 자리 잡는다. 그런데도 스승께선 예전의 꿈나무들에게 자꾸만 한물 간 유머를 재생시키느라 낑낑 애를 쓴다.

"애국자의 반대는? 정옥이 학생 말해보세요."

깻잎머리 정옥 아줌마는 마치 기다렸다는 듯이.

"매국노입니다."

재빨리 대답하는 바람에 스승의 기획된 덫에 우히히, 또 걸려버렸다. 나머지 아낙네들이 그게 정답이 아니라며 화들짝 소맷자락 당겼지만 이미 늦었다.

"어른국자요. 이히히."

모두들 피싯피싯 엉성한 웃음을 지을 판인데 정옥이 혼자 어리둥절 멍 때리다가 뒤늦게 '애와 어른의 반의(反意) 관계'를 파악하고 깔깔깔 배꼽을 잡다가 딸꾹딸꾹 침방울 튕긴다. 그러더니.

"선생님의 침방울을 너무 많이 맞아서……."

앗! 쬐끔은 민망한 옛 필름을 상기시킨다. 그랬다. 첫 발령 총각 선생의 열정 강의에선 입술 파편이 물총처럼 터지기도 했단다. 그래봤자 번번이 앞자리를 넘지 못한 채 콩나물콩 소녀의 단발머리에 찰랑찰랑 얹혔을 뿐인데.

"그걸 받고 자양분 삼아 무럭무럭 키가 컸어요."

아닌 게 아니라 첫째 줄 단골이던 꼬맹이 소녀는 입학하자 마자 미루나무처럼 쑥쑥 크더니 지금은 해바라기 아낙이 되어 장년의 그늘자락을 펼쳐주는 중이다. 그게 스승의 침방울 덕분이라니 후덕한 심성은 예나 지금이나 초록빛 절개다. 객쩍은 농담 속에서도 스승의 눈이 벌개진 것은 체질적으로 여린 심성 탓이다. 아, 40년 넘게 수고가 많으셨다. 모두들.

"옛날에도 잘 울었잖아요. 우리 선생님."

그 70년대 여중생들은 왜 그리 슬픔이 많았을까.

아프다. 그것은 여자였고 가난이었고 시국과 생존의 싸움 이었다. 고등학교에 보내달라는 딸내미 머리채 당기며 종아리 치던 아비의 빗자루 사연뿐만이 아니다. 장학금 통지를 받고도 여고에 진학하지 못한 ○○는 석별의 편지 한 장 달랑 남겨놓고 졸업식을 거부한 채 가발공장으로 떠나기도 했다. 담임이 찾아갔을 때 그미네 어머니는 갯바람 받으며 그물코를 꿰다가 허리 짚은 채 간신히 일어섰다. 손등에 조개껍질처럼 묻어있던 굳은 피 훑던 헛바닥 사연은 더 이상 은유로 표현할 수 없으니, 그 스크린을 떠올릴 때마다 장맛비 장독대 동치미국물이라도 퍼서 시린 속을 달래야 할 것 같다. 그가 열혈청년의 낭만을 포기하고 세상의 변혁을 새기게 된 이유다.

□□방적으로 떠난 △△는 뜻밖으로 울지 않았다. 회사 기숙사 처우개선을 위한 삐라를 뿌리다가 회사와 학교를 쫓겨나서도.

"세상이 모두 학교인 걸요."

생글생글 미소로 의연하게 위로하는 바람에.

'네가 내 스승이구나. 나도 이 땅의 아이들의 미래를 위해 각오를 다져야겠다.'

철렁한 가슴을 다독이기도 했다.

교단의 기억들은 그렇게 미소와 눈물이 시계추처럼 오가던 주마등의 연장이다.

또 있다. 남면 어디쯤 가정방문 가는 늦봄이었던가. 어디선가 '선생님' 소리가 들리는 것 같아 두리번거리는데.

"선생님, 여기요."

모내기 품앗이 농군 틈에 웅크려 있던 ◇◇이가 논두렁 한가운데서 벌떡 일어서더니 물기가 철철 흐르는 볏모 한 뿌리를 흔들며 파안대소 웃음 짓던 풍경이다. 대처 공장지대로 떠난 볏모 제자를 떠올릴 때마다 오월 논두렁으로 떨어지던 푸짐한 뻘흙 미소가 오버랩 되곤 했다. 스승은 그렇게 배경으로 지켜보면서 쌀과 등록금을 조달해주기도 했다. 더러는 출석부에 빨간 줄 그으며 담임반 자취하는 학생에게 친구 한 명을 더 머물게 하고는 남 몰래 눈물 감추는 법을 터득했었다. 지금은 그 옛 소녀들과의 해후 중이다.

자, 윤동주 수업이 끝났고 점심시간이다.

장년의 제자들이 책상 서랍에서 저마다 도시락 하나씩 꺼내드는 신바람 나는 표정들이 어럽쇼, 40년 전 그때 교실의 복제판이다. 마늘짱아찌, 오이지, 조개젓, 짠지 … 맨밥 도시락까지 완전히 추억의 메뉴판으로 맞춰온 것이다. 반찬을 쏟고 옥자 아줌마네 맨밥까지 섞어 양푼에 흔들어먹는 비빔밥 성찬도 의미 있겠다며 센티하게 젓가락을 드는 순간 혜인이 아줌마가 불쑥 소라무침을 가져온다. 이건 너무 고답적 도시락 반찬이라며 황홀하려는 판인데, 어럽쇼, 애교쟁이 정숙이가 어디선가 버너를 꺼내더니 딸그랑딸그랑 가스불을 조립하는 것이다. 아이쿠, 금세 바지락이 팔팔 끓고 낙지도 두 마리 꿈틀거리는 해물종합세트 냄비탕이 완성된 것이다.

그리고 아줌마 제자들의 빗발치는 수다.

선생님, 이것 좀 드시며 저 좀 바라보세요, 명숙이만 보지 말고 저 좀 보세요. 여기요, 여기 선생님. 이젠 떠들지 않을 거예요. 선생님, 순자가 내 숙제 베낀 건 차순이도 봤다구요. 내 일부터는 입술에 반창코 붙인 채 열심히 할 테니 화장실 좀 보내 주세요. 선생님, 깻잎에 장아찌도 싸서 드셔야 힘이 좋아져서 사모님이 행복하다구요, 푸하하. 얼굴이 빨개지니 낮술은 안 되구요. 선생님. 숟가락에 조개젓 좀 올려드릴 게 우리 모두 파도리로 산보 가요.

그랬다. 40여 년 전 한 달에 몇 차례씩 함께 나왔던 그 바닷가다. 그렇게 옛날 초짜 교사로 회춘하는 순간 스승의 여린 눈시울 본색이 들통이 났으니. 아이쿠. 또 글썽글썽의 이유는.

조개젓 사연이 가장 크다.

소년은 말수 적고 얌전한 성품의 유년을 보냈다. 딱 한 차례 면사무소 숙직당번의 가루 치약으로 이빨을 닦고 도망쳤을 뿐 숙제가 끝나면 빗자루 들고 마당 청소 잘하는 조신한 성품이었다. 문제는 허약한 몸이었다. 6·25 직후의 태생들이 대개 영양실조에 시달렸듯 그도 바탕 체력이 약했다. 소아마비

벗들도 많았고 기계총과 도장병은 필수였다. 홍역, 볼거리는 차치하고라도 감기 한 번만 걸려도 머리가 어지럽고 구토에 시달렸으니 개근상은 엄두도 낼 수 없었다.

비몽사몽하는 와중에 외할머니의 손길이.

서늘하게 목덜미 녹여주는 촉수로 느껴지는 것이다. 이십 오 리 길 소문을 종이비행기로 수소문한 채 어떻게 먼 걸음 걸어와 조개젓을 만들었을까? 할머니의 익모초 즙이 숟가락 에 담기더니 신열이 잉잉 오르는 외손자의 입술에 넣어주셨 는데 좌우지간 무지하게 쓰디썼던 기억이 아직도 생생하다. 도리질 칠 때마다 억지로 떠먹이던 약숟가락 뒤로 재빨리 밀 어주시던 '외할머니의 조개젓' 그 맛을 잊을 수가 없다.(지금 도 식당에서 조개젓이 눈에 띄면 가까이 당겨놔야 마음이 놓 인다.)

비린 생선은 엄두를 내기 힘들었다.

내륙에서는 갯것들이 비싸기도 하지만 천안 장터까지 걸어 갔다가 돌아올 엄두가 나질 않아서 그냥 된장, 청국장, 묵은 김치, 오이지 같은 식물성에만 익숙한 입맛이었다. 애호박에 된장국이면 보리밥 한 사발을 단숨에 비웠다. 장맛비에는 호 박잎 넣고 칼국수를 먹었고 빨랫줄 널면 고양이가 따라다니 며 모처럼 소금기 비린내를 핥으러 따라다녔다. 갯것은 그렇게 아무리 맵짭이라도 새로운 입맛이었다. 나중 얘기지만 익모초 쓴맛을 달래주던 조개젓도 우연히 할머니와 마주친 삼거리 등짐장수에게 어렵게 구한 것이란다.

"아들을 못 낳아 한이 된다."

그 외할머니의 한숨도 '여자의 일생'이다. 어머니조차 무남독녀인지라 외할머니의 늘그막에 집 가까이 모셔와 곁에 사시게 된 게 오히려 소년에겐 행운이었다. 천안시 풍세면 골짜기에서 아버지 형제와 할머니, 어머니, 삼촌댁까지 열네 식구가 네 칸짜리 집에서 살았지만 덕분에 유년의 감성이 풍요로워진 것이다. 아무튼 외할머니는 맏 외손주 지철이를 특별히 사랑했지만 안타깝게도 일찍 돌아가셨다. 지금 살아 계시다면 한풀이라도 실컷 들어주고, 좋은 풍경 구경시키고 밥상 한번 딱부러지게 차려드리고 싶은데……아차, 스승의 눈시울이 또 이슬 젖으려 한다. 그때.

"첫사랑 얘기 해주세요. 선생님."

그렇게 상념의 방향키를 돌려준 장년의 제자 혜경이의 센스가 다행이다. 그랬다. 예전의 단발머리 소녀들은 수업도 뭉갤 겸 사춘기 빈 가슴도 채울 겸해서 스승의 첫사랑 추억을 졸라대곤 했다. 장대비가 쏟아져도 첫사랑, 낙엽이 떨어져도 첫사랑 사연을 꺼내라며 지지고 볶아대면 총각 선생은 팩트를 우려내고 허구를 생산해야 했다. 지금은 그 모든 게 감사할 뿐이라며 초로의 스승이 서해바다에 조약돌을 던지자 장년의 제자들도 오그르르 물수제비 뜨는 연습에 빠지기 시작한다.

그 첫 사랑 양현옥.

청년 김지철은 70학번 사범대 신입생이었고 17세 양현옥은 가방 속에 시집을 넣고 다니던 문학소녀 여고생이었다. 그러니까 대학생과 고교생이 함께 하는 흥사단천안도산연구회 모임에서 처음 만났고 회합에서 얼굴을 익히면서도 몇 차례 쓰뭉하게 지나쳤을 것이다. 그러다가 여고생들의 군입대한 선배들 면회 코스로 동행하고 서로 눈빛 오가는 선후배로 진화하다가 사범대 캠퍼스 선후배로 재상봉하면서 사랑이 깊어졌다. 언제부터였나, 순식간에 둘만 남고 이 세상 모든 물상이 자취를 감추었다.

딱 한번 이 사내와의 혼인을 주저하며.

숨은 그림이 되어야 하나, 망설이기도 했다. 사범대 청년 학도들이 교직을 천직으로 삼는 것이 당연하지만 이 사내의 교육자적 자존감은 두렵도록 유별나다. 자취방에 태극기를 걸어놓고 날마다 사회과학을 탐닉하는 자세도 평범하지 않고 모든 삶이 실천으로 직결되어야 한다는 강박증도 쬐끔은 부담스럽다. 마침내 작별의 한 문장을 보냈으니.

'차마 잡을 수 없어서 당신을 보내드립니다.'

헤어짐의 상처를 감당할 수 없어서 석별의 뒷모습만 점점이 바라보았다니 사나이 냉가슴 드라마도 적절히 겪어본 셈이다. 마침내 그 태극기를 예식장에 걸어놓고 신랑 신부 입장 때 '일송정 푸른 솔은'으로 행진했단다. 그미의 젊은 한 때 '투사의 아내'가 되어 모든 걸 다 받아주듯이 지금 '교육감의 아내'도 소리 없이 판단하고 묵묵히 점검해야 한다. 숨어서도 안 되고 나대서도 안 되는 동반자의 역할이 만만치 않다.

1989년 그해 하필 아버지 회갑이던 해,

불법단체 전교조 충남지부 초대 지부장의 명함으로 구속되었다. 이른바 신새벽 구둣발 소리를 들으며 아내 양현옥은 예견했다는 표정으로 방문객들을 침착하게 맞이했던 것 같다. 후일담이지만 틈입객 형사들도.

"체포하러 간 집에서 인삼차 대접 받기는 처음이라우."

얼핏 '따뜻한 동행'처럼 경찰차에 끌려갔다나, 그러거나 말거나 금세 돌아오겠다는 남편이 99일간 수감되었으니 … 우리들 모두 참교육을 지키기 위해서는 당연히 그렇게 해직되고 투옥되는 시련을 감당해야 되는 시국의 운명인 줄만 알았다. 제자들 역시 스승을 위해 발 벗고 나선 장면을 떠올리면 울컥 목이 멘다. 벽보가 붙고 스승의 구속이 사발통으로 전파되면서 청년 학도의 애국심이 불끈불끈 솟아올랐다니, 미안하다, 사랑한다.

> 김지철 선생님 영치금 마련 및 참교육 실현을 위한 기금 마련
> 주최: 김지철의 가르침을 받은 제자들
> 일시: 1989. 8. 12.
> 장소: 그린 다방

그리고 법정에 서는 날.

스승의 학교에서 자습 중인 칠 백여 청소년 제자들이 학교 당국이 교문을 막자 담벼락 넘어 재판정으로 달려온 것이다. 그 사랑의 후광을 받으며 최후 진술을 끝내자 법정은 탄성과 우레 같은 박수의 소용돌이였다. 그를 실은 호송차가 지나가자 제자들이 맨발로 달려와 우르르 그 앞을 가로막다가 늦은 밤까지 법원 주차장 바닥과 호송차 바퀴 밑에 누워 농성도 했으니, '시대의 아픔'이 '스승의 기쁨'으로 오버랩 되는 것이 틀림없다. 그러니까 울지 말아야 한다. 아내 양현옥 선생과 그의 어린 딸 김수정 양(지금은 음악 교사), 김수연 양(지금은 교육행정 공무원)까지 잡은 손을 오래도록 놓지 않은 이유다.

마침내 최후 진술.

> 내 아버지가 30년 동안 교직에 몸 담으시면서 이루지 못한 일
> 을 내가 하지 않으면, 내 딸들이 30년 후에 다시 이 자리에 서

게 될 수밖에 없기 때문에 이것을 막기 위해서 이 자리에 설
수밖에 없습니다.
                                        ─1차 공판 모두 진술에서.

출옥하던 날, 밥상을 차려준 그의 어머니는 아들이 밥을 먹
는 내내 한 마디 말도 건네지 않은 채 지켜만 보고 있었다. 수
감 생활 내내 맨바닥 잠을 주무셨으니 피붙이의 동행 고난사
를 더 이상 떠올릴 자신이 없다. 그미는 착한 아들이 교육감
이 되는 걸 보지 못하고 먼저 하늘나라로 떠나셨다.

이제는 마침내 석별의 시간.
중후한 장년으로 변신한 때까지 소녀들은 스승의 팔짱을
놓지 못한다. 수평선으로 벌겋게 번지는 노을 탓일까.
'선생님, 개떡에 개 넣나요?'
그런 썰렁농담도 증발된 채 아슴아슴 가슴만 싸매고 있다.
그리고 어깨가 더 무거워진 스승의 뒷모습을 바라보며 가슴
이 싸한 이유를 분명히 알고 있다. 깊은 사랑은 그렇게 옷깃
만 스쳐도 눈시울이 뜨거워지는 것이다. 문득 채마밭 너머로
비가 쏟아질 것 같다. 움츠렸던 강낭콩들이 일제히 대궁 세우
며 콩꼬투리 틈실하게 벙글어준다.

* 이 글은 2017년 7월 TJB 대전방송의 '당신의 한 끼(김지철 편─ 할머니
  의 조개젓)'을 보며 쓴 사연이다.

수첩 속에서 꺼낸 이야기

초판 1쇄 인쇄 2018년 1월 25일
초판 1쇄 발행 2018년 1월 30일

지은이 김지철
펴낸곳 논형
펴낸이 소재두
등록번호 제2003-000019호
등록일자 2003년 3월 5일
주소 서울시 영등포구 양산로 19길 15 원일빌딩 204호
전화 02-887-3561
팩스 02-887-6690
ISBN 978-89-6357-185-0 03810
값 15,000원

이 도서의 국립중앙도서관 출판예정도서목록(CIP)은 서지정보유통지원시스
템 홈페이지(http://seoji.nl.go.kr)와 국가자료공동목록시스템(http://www.
nl.go.kr/kolisnet)에서 이용하실 수 있습니다. (CIP제어번호: CIP2018001657)